Begegnungen

Joke Frerichs

Begegnungen

Prosa

Bibliografische Information der Deutschen Bibliothek:

Die Deutsche Bibliothek verzeichnet diese Publikation in der Deutschen Natio-
nalbibliografie; detaillierte Informationen sind im Internet über
http://dnb.ddb.de abrufbar.

Herstellung und Verlag: Books on Demand GmbH, Norderstedt
ISBN-13:9783833496578

Die Zeichnung auf dem Umschlag hat Zwetan Dinekov-Zezo unter dem Titel
„Ein langes, langes Gespräch mit einem Schatten" (2006) entworfen..

Inhalt

Vorwort

In meinem ersten Prosaband *Zugänge. Wie man aufwächst, so denkt man* (2005) bin ich der Frage nachgegangen, wie man zu dem geworden ist, der man heute ist. Ich kam zu dem Ergebnis, dass es fast immer die spezifischen *Zugänge* sind, die in Form von Zufällen oder nicht vorhersehbaren Ereignissen meinen Werdegang beeinflusst haben. Dabei spielen Prägungen durch die Herkunft und Zeitumstände eine entscheidende Rolle.

In dem hier vorliegenden Band *Begegnungen* geht es vor allem um einige der Personen, die meinen Werdegang begleitet und – oft zum richtigen Zeitpunkt – Einfluss auf mich ausgeübt haben. Einige habe ich mir zum Vorbild genommen. Andere haben mich aktiv unterstützt. Und wieder andere waren ganz einfach interessante und anregende Diskussionspartner, die mich in irgendeiner Weise beeindruckt haben.

Natürlich handelt es sich bei der Darstellung dieser Personen um meine subjektive Wahrnehmung dieser *Begegnungen* – nicht etwa um vollständige Porträts.

Darüber hinaus enthält der Band einige Reflexionen über kulturelle und gesellschaftliche Sachverhalte, die mich im Laufe der Jahre immer wieder beschäftigt haben. Auch hier habe ich meine höchst subjektive Sicht der Dinge dargestellt, indem ich mich beispielsweise mit der Bedeutung von Kommunikation für zwischenmenschliche Beziehungen beschäftige oder mit dem Einfluss des Surrealismus auf die Kunstentwicklung. Fokus meiner Herangehensweise ist auch hier die Art und Weise, wie mir diese Sachverhalte immer wieder einmal *begegnet* sind.

Einen besonderen Stellenwert nimmt der Text über das Dorf Zimmerschied und seine Bewohner ein. Meine Frau und ich haben in diesem Dorf so etwas wie eine zweite Heimat gefunden − neben unserem Hauptwohnsitz Köln. Ich schildere, wie es dazu kam und wie lange es gedauert hat, bis wir engeren Kontakt zu den Leuten dort bekamen.

Erwähnen möchte ich schließlich, dass nicht alle Personen, die in meinem bisherigen Leben wichtig für mich waren, in den Texten auftauchen. Das gilt beispielsweise für meinen Bruder Klaus, mit dem ich im Laufe von Jahrzehnten viele Diskussionen geführt habe, die mich geprägt haben. Insbesondere gilt dies für den gesamten Bereich der Kunst, in dem ich von seiner professionellen Sicht der Dinge viel gelernt habe.

In erster Linie gilt dies jedoch für meine Frau Petra, die eine lange Wegstrecke mit mir gemeinsam zurückgelegt hat und in vielen der geschilderten Begegnungen mit präsent war. Sie war mir nicht nur deswegen eine ideale Diskussionspartnerin. Sie hat außerdem die Texte durch kritische Hinweise und Ergänzungen mitgeprägt, mich gefordert und ermuntert sowie die gesamte Textgestaltung übernommen.
Ihr sei daher dieses Buch gewidmet.

Köln/Zimmerschied 2007

Zimmerschied – eine Liebeserklärung

Es ist jetzt zwanzig Jahre her. Wir hatten einen sehr schönen Winterurlaub im Allgäu verlebt. Mit starken Naturerlebnissen. Seit langem trugen wir uns mit dem Gedanken, ein Domizil im Grünen zu erwerben. Zum Ausspannen, Nachdenken, Erholen. All die Dinge, die in einer großen Stadt immer schwieriger zu realisieren sind.

Wir hatten jahrelang – mehr oder weniger systematisch – nach einer Gelegenheit Ausschau gehalten. Ohne Erfolg. Im Bergischen, in der Eifel oder auch im Westerwald war nichts Geeignetes zu finden.
Jetzt aber waren wir entschlossen, ernst zu machen. Wir beauftragten einen Makler, uns Angebote zu schicken. Eines Tages traf eine schlecht kopierte Sammlung von Objekten bei uns ein. Die Häuser darauf waren kaum zu erkennen – meist sah man nur dunkle Flecken und konnte ein Gebäude samt Umgebung mehr erahnen als sehen. Gleichwohl: Wir nahmen ein Objekt nahe der Sauerland-Linie näher ins Visier. Das schien uns am ehesten infrage zu kommen und war zudem am besten zu erreichen. Ein Haus in der Umgebung von Daaden im Hohen Westerwald.

Wir verabredeten uns mit dem Makler in Neustadt, um das Haus in Augenschein zu nehmen. Es war Ende Januar und hatte geschneit. Als wir beim Makler ankamen, musste dieser uns mitteilen, dass die Besichtigung ausfallen müsse. Das Haus sei wegen des vielen Schnees nicht zugänglich. Er habe aber ein Alternativangebot: in Zimmerschied. Wir sahen uns ratlos an: Zimmerschied? Nie gehört. Da wir aber schon einmal unterwegs waren, fragten wir, wie weit denn das sei. Ungefähr fünfzig Kilometer von Neustadt – also noch einmal die doppelte Strecke wie von Köln nach Neustadt. Das war eine Entfernung, wie wir sie uns ungefähr vorstellten. Viel weiter wollten wir aber auch nicht fahren. Das Haus sollte jederzeit erreichbar sein.

Wir fuhren also los. Die A 3 bis Montabaur; dann Richtung Nassau. Wir fuhren und fuhren. Die Straßen wurden kleiner. Und am Ende fuhren wir auf einer kleinen Stichstrasse wie durch ein Märchenland. Ringsherum Wald und Schnee. Wie in „Schneewittchen hinter den sieben Bergen" kam es uns vor. Wir wussten nicht recht, wie uns zumute war. Dann endlich: Es gab diesen Ort Zimmerschied tatsächlich. Wir fuhren ein stückweit in den Ort hinein und dann rauf zum Friedhof. Oberhalb des Friedhofs lag das Grundstück mit Haus. Wir standen vor dem verschlossenen Tor. Der Makler musste von den Besitzern, die damals noch die Gaststätte führten, den Schlüssel erst noch holen, so dass wir Zeit hatten, uns umzusehen. Wir schauten auf das Grundstück mitsamt den schneebedeckten Tannen. Es war wirklich wie in einem Märchen. Genau das, was wir uns im Traum vorgestellt hatten: Ein kleines Haus am Rande und etwas außerhalb des Dorfes. Gut geschützt und abgeschirmt. Ideal, um sich zu erholen, aber auch, um hier in Ruhe zu arbeiten.

Wir jubelten. Ohne den Preis bereits zu kennen, war für uns klar: Das war's, was wir suchten. Der Makler kam zurück. Wir versuchten mühsam, uns zu beherrschen, um den Preis nicht hochzutreiben. Besichtigten das Haus. Machten uns Vorstellungen, wie wir es einrichten würden. Und sagten dem Makler bzw. den Eigentümern nach einer „Anstands-Bedenkzeit" von einigen Stunden noch am selben Abend zu. Es war eine der glücklichsten Entscheidungen unseres Lebens.

Im Dorf gibt es kein Geschäft, keine Kirche und seit 1990 auch keine Gaststätte mehr. Und was viel wichtiger ist: Auch keine Durchgangsstraße, wie in den Dörfern rundherum, durch die täglich Hunderte von Autos fahren.

Von ehemals mehreren Bauernhöfen ist nur einer übrig geblieben, der auch heute noch nebenberuflich bewirtschaftet wird. Dafür gibt es am Ort ein Unternehmen, bei dem auch mehrere Anwohner beschäftigt sind. Ein weiterer Selbständiger ist zusammen mit seiner Lebensgefährtin im Bereich Medizintechnik tätig. Im übrigen sind verschiedene Bewohner als Pendler im Umkreis von 25 km und mehr auswärts erwerbstätig. Daneben gibt es noch einen Pferdeliebhaber, der als Hobby drei oder vier Pferde hält und gelegentlich mit einer attraktiven Kutsche samt Familie einen Sonntagsausflug unternimmt.

Als besondere Attraktion hat der Ort ein Puppenstubenmuseum zu bieten, das liebevoll mit alten Puppenstuben und Puppen ausgestattet ist. Gleich am Ortseingang – auf der rechten Seite – findet man es. Hier kann man sich in eine Traumwelt versetzen lassen. Raritäten aller Art sind zu besichtigen. Eine wahre Fundgrube.

Wie viel Zeit haben wir in diesem kleinen Domizil verbracht. Wie viele Stunden uns erholt. Ruhig geschlafen. Draußen gesessen. Die gute Luft genossen. Ein Stück vom Himmel betrachtet. An warmen Sommerabenden die Sternschnuppen gezählt. Das Leben der Tiere beobachtet. Vom Wintergarten aus können wir morgens den Sonnenaufgang sehen. Manchmal verfärbt sich der ganze Horizont. Abends hat man dann das gleiche Schauspiel mit der untergehenden Sonne noch einmal auf der anderen Seite. Hinter unseren (leider mittlerweile viel zu hohen) Tannen färbt sich noch einmal der Himmel rot, rosa, tiefblau, violett und was auch immer die Farben hergeben. Kurzum: All das sind Erlebnisse und Erfahrungen, die in der Großstadt zu kurz kommen. Wir empfinden sie als Bereicherung unseres Lebens.

Es ist die Atmosphäre, die einen motiviert: Der Blick vom Schreibtisch ins Grüne. An diesem Ort habe ich fast alles geschrieben, was ich je geschrieben habe: Wissenschaftliche Bücher und Aufsätze. Vorträge. Aber vor allem auch: Gedichte und Prosa.

Wie viele tausend Kilometer mögen wir in all den Jahren gewandert sein. Fahrrad gefahren. Ja sogar mit den Skiern gelaufen. All das ist hier noch möglich. Für uns eine ideale Ergänzung zum Leben in der Stadt.

Anfangs, als es im Dorf mit seinen ca. Hundert Einwohnern noch die Gaststätte gab, konnte man hier gut essen. Hier lernten wir die ersten Dorfbewohner kennen. Im großen und ganzen aber blieben wir zunächst in einer Art „selbstgewählter Isolation". Schließlich hatten wir zu arbeiten und waren nicht nur zum Vergnügen da. Wir genossen die Abgeschiedenheit und die Einsamkeit nach längeren Dienstreisen, Tagungen oder Seminaren.

Erst mit der Zeit lernten wir, dass wir uns nicht nur zurückziehen konnten. Dass wir mehr auf die alteingesessenen Einwohner zugehen mussten. Zunächst die nächsten Nachbarn, zu denen der Kontakt stärker wurde. Sie kümmerten sich um einiges, wenn wir nicht am Ort waren. Nahmen Postsendungen entgegen. Halfen uns in vielem.

Es dauerte eine ganze Weile, bis wir uns im Ort auskennen lernten: Bis man wusste, wo man das Brennholz herbekam. Wer einem helfen konnte, wenn das Auto nicht ansprang. Und was man selber beisteuern konnte, um anderen zu helfen. Auf diese Weise kam ich dazu, beim Schreiben von Briefen oder Anträgen behilflich zu sein. Sogar beim Lohnsteuer-Jahresausgleich – obwohl wir selbst in Köln einen Steuerberater aufsuchen mussten. Denn als meine Frau eines Tages leichtsinnigerweise anbot, ich könne bei der Steuererklärung helfen, konnte ich keinen Rückzieher mehr machen. Ich fuhr zum Koblenzer Hauptbahnhof, besorgte mir die Broschüre „Mein Lohnsteuer-Jahresausgleich" und vertiefte mich in die wichtigsten Bestimmungen. Gott sei dank hatte die Aktion Erfolg. Ich hatte mir eine Blamage erspart.

Im großen und ganzen begegnete man uns freundlich. Anfangs verständlicherweise etwas reserviert – aber man konnte mit uns wohl auch schwer etwas anfangen. Das änderte sich allmählich, je mehr man mit den Leuten ins Gespräch kam. Durch das ständige Hin und Her zwischen Köln und Zimmerschied war es für alle Beteiligten schwierig, Kontakte aufzubauen und zu halten.

Wir hatten keine richtigen Vorstellungen von dem, was ein Dorf ausmacht. Wir gingen anfangs von einer relativ geschlossenen Dorfgemeinschaft aus. Erst im Laufe der Zeit stellten wir fest, dass es im Grunde die einzelnen Familien sind, die über Generationen hinweg einen starken Zusammenhalt bilden.

Gleichwohl machten wir die ersten näheren Bekanntschaften: Am Nebentisch in der Gaststätte wurde Skat gekloppt. Meine Frau und ich hatten uns Essen bestellt. Zwischendurch lugte ich immer mal wieder zum Nebentisch herüber. Als einer der Mitspieler austreten ging, forderte mich der alte Ortsbürgermeister auf, dessen Part zeitweilig zu übernehmen. Ich gewann einen Grand ohne Vieren und war fortan Mitglied der Skatrunde. An jedem Donnerstag trafen wir uns – und wann immer es ging, fuhr ich von Köln nach Zimmerschied, um an diesem Vergnügen teilzunehmen.

Eine gute Gelegenheit, um die Dorfbewohner kennen zu lernen, bietet sich auf dem jährlich stattfindenden Waldfest der Freiwilligen Feuerwehr. Hier trifft sich fast der ganze

Ort: Unsere Ortsbürgermeisterin, die erste und einzige Frau in diesem Amt in der Verbandsgemeinde, die Mitglieder des Gemeinderats und der Feuerwehr sowie die ganze Schar der Besucherinnen und Besucher. In den letzten Jahren haben wir – wann immer es ging – an den Festen teilgenommen. Es ist eine gute Gelegenheit, Kontakte zu knüpfen, Gespräche zu führen und das Neueste zu erfahren.

Beim Waldfest zeigt sich auch besonders das bürgerschaftliche oder ehrenamtliche Engagement vieler Orteinwohner: Ganze Familien sind jedes Mal dabei, wenn Essen vorbereitet, Getränke organisiert, wenn auf dem Fest für Hunderte gegrillt und hinterher wieder alles aufgeräumt werden muss.

Auch viele Kinder helfen mit. Mit großem Eifer und Engagement sind sie bei der Sache. Überhaupt die Kinder des Ortes: Als wir vor 20 Jahren herkamen, gab es nur wenige. Das hat sich im Laufe der Jahre geändert. Mittlerweile gibt es viele Kinder, die hier in nahezu idealer Umgebung aufwachsen. Sie können sich frei bewegen und haben viel Platz zum Spielen, den sie auch reichlich nutzen. Irgendwie kommen uns die Kinder hier ausgeglichener vor als in der Stadt. Auch weniger aggressiv. Die meisten sind freundlich und hilfsbereit.

Überhaupt hilft man sich Ort untereinander viel. Jeder kennt jemanden, der ein bestimmtes Handwerk beherrscht. Immer weiß man mit Rat und Tat weiter.

Wir sind froh, in Zimmerschied eine zweite Heimat gefunden zu haben. Und im Pendeln zwischen Köln und Zimmerschied liegt nach wie vor ein großer Reiz, den wir solange wie möglich auskosten möchten.

Hier haben wir auch einige ungewöhnliche Menschen kennen gelernt, von denen nun die Rede sein soll.

Der Skatbruder

Auf recht ungewöhnliche Weise lernten wir unseren Skatbruder kennen: Eines Tages saß unter der großen Linde vor
unserem Grundstück ein älterer Herr. Er saß und saß, ohne
dass wir wussten, was er wollte. War ihm nicht wohl? Wartete er auf jemanden?
Nach längerer Zeit entschloss ich mich, hinzugehen und ihn
zu fragen, ob ich ihm weiterhelfen könne. Ich konnte. Der
Alte fragte mich ganz direkt und unverblümt: „Ich habe gehört, Sie spielen gerne Skat. Haben Sie Lust, dass wir zusammen spielen?" Ich war zunächst verblüfft, sagte dann
aber: „Ja, ich hätte schon Lust zu spielen, jetzt, wo die Kneipe nicht mehr da ist." Darauf er: „Gut, dann komm ich heute Nachmittag vorbei."

Mit einem so prompten Beginn unserer Skatfreundschaft
hatte ich nicht gerechnet. Aber der alte Herr zeigte sich ganz
und gar entschlossen. Am Nachmittag rückte er an. Wir
spielten längere Zeit und es machte Freude. Es ging ihm
nicht darum, um jeden Preis zu gewinnen. Er hatte Spaß am
Spiel. Vor allem, wenn er meiner mitspielenden Frau eine
Zehn „rausschnippeln" konnte oder ihm sonst eine List gelang. Dann strahlte er über's ganze Gesicht. Und stets kam
dann das besänftigende „ ist ja nur ein Spiel".

Von da an spielten wir in unregelmäßigen Abständen. Auf
unseren Skatbruder mussten wir nicht lange warten. Sobald
wir im Dorf waren, läutete das Telefon und wir verabredeten
uns. Er kam dann zu uns hoch – ausgerüstet mit einer Plas-
tiktüte und edlem Inhalt: Er brachte stets eine Flasche Sekt
zum Spiel mit, die wir gemeinsam tranken. Es waren angenehme, unvergessene Stunden mit ihm. Zwischen den Spielen erzählte er dies und das: Von seiner leider verstorbenen
Frau, die ihm sehr fehlte, an der er sehr hing. Von den Kindern und Enkelkindern, die sich rührig um ihren Opa kümmerten. Von seinen Fahrten zu einer auswärts wohnenden

Tochter. Vom Krieg, den er mit einer schweren Kopfverletzung glücklich überlebt hatte. Und anderes mehr.

Leider währte unsere Skat-Freundschaft nur einige Monate. Von unserem Sommerurlaubsort schickten wir ihm eine Ansichtskarte, auf der wir unser Wiederkommen und den nächsten Skattermin ankündigten. Als wir nach einigen Tagen im Dorf ankamen, lebte unser Freund schon nicht mehr. Er war ganz plötzlich gestorben. Uns blieb nur noch, an seiner Beerdigung teilzunehmen. Aber wir denken gern an die Zeit mit ihm zurück.

Eine unkonventionelle Frau

Ähnlich ungewöhnlich machten wir die Bekanntschaft mit einer alten Dame mit prächtig schlohweißem Haar. Ich hatte davon gehört, dass sie an einer Chronik des Ortes schrieb. Ich sprach sie darauf an, und damit war das Eis gebrochen. Von da an informierte sie uns regelmäßig über den Fortgang ihrer Arbeit; die Schwierigkeiten der Recherche in Archiven und der Materialbeschaffung; ihren Kontakt mit verschiedenen kirchlichen oder anderen Bibliotheken o.ä.
Wir bewunderten die Energie dieser alten Dame, die schon um die achtzig Jahre alt war. Des öfteren kam sie zu uns hoch. Im Mittelpunkt stand zwar immer ihre Arbeit an der Chronik. Aber nach und nach erzählte sie aus ihrem bewegten Leben. Von ihren Kindern. Aus ihrer Zeit im Gemeinderat. Selbst aus ihrer Jugendzeit, in der sie Motorrad fahren gelernt hatte. Diese Lebensgeschichte fand meine Frau so interessant, dass sie mit ihr ein biographisches Interview führte, das mit Tonband aufgezeichnet, wortgetreu verschriftet und der alten Dame später ausgehändigt wurde.

Dann kam bei ihr ein weiteres Aktionsfeld hinzu: Die Vorbereitungen auf die 600-Jahr-Feier des Ortes. Auch hier engagierte sie sich massiv. Wohl nicht immer zur Freude der übrigen Beteiligten. Denn die alte Dame konnte überaus energisch werden und hatte ihren eigenen Kopf.

Die Arbeiten an der Chronik hat sie beenden können. Wie stolz war sie, als sie uns diese eines Tages aushändigen konnte. Als sie Anfragen – selbst aus Übersee – bekam. Mit vielen Interessierten korrespondierte. Jede Neuigkeit erfuhren wir sofort.

An der 600-Jahr-Feier hat sie nicht mehr teilnehmen können. Sie war während dieser Zeit erkrankt und weigerte sich, im Rollstuhl ins Festzelt gefahren zu werden. Sie blieb im Krankenhaus bzw. Altersheim, wo sie kurz darauf starb. Aber aus der Distanz hat sie doch noch erleben dürfen, dass ihr Sohn die Moderation der Feier übernommen hatte und alles zum Besten gelaufen war.

Diese 600-Jahr-Feier haben wir in bester Erinnerung. Der damalige Ortsbürgermeister und viele Helfer, vor allem aus den Reihen der Freiwilligen Feuerwehr und deren Angehörige, hatten dieses Fest mit großer Umsicht und mit viel Phantasie organisiert.
Zum Fest hatte sich das ganze Dorf geschmückt. Überall im Ort hatten alte Handwerke ihre Stände aufgebaut und boten ihre Produkte an. Auch erhielt man Einblick in die Arbeitsweise bestimmter Handwerke. Das war überaus interessant für die Besucher und nebenbei auch ganz lehrreich. So hatte sich für unsere Bekannte und alle anderen Beteiligten das Engagement gelohnt.

Der (Lebens-) Künstler

Ein weiterer Bekannter ist ein in unserem Dorf lebender Künstler. Er ist jetzt ungefähr achtzig Jahre alt. Gelernter

Grafiker. In früheren Jahren hat er für renommierte Zeitschriften wie „Simplizissimus", „Konkret" oder „Spiegel" Karikaturen gezeichnet. In den sechziger Jahren hat er ein satirisches Buch mit Texten und Karikaturen zu bundesrepublikanischen Themen der damaligen Zeit veröffentlicht. Der Titel lautet: Wunderland Treutonien. Und auch heute ist er noch als Künstler aktiv. Zeichnet Tiere oder Landschaften und benutzt dazu alle möglichen Materialien wie Steine, Holzbretter oder Pappdeckel, die er irgendwo aufliest und für seine Zwecke verwendet.

Was wir an ihm bewundern, ist die Art, wie er lebt: stets beschäftigt, immer kreativ und in keiner Hinsicht „alt". Seit seine Frau vor einigen Jahren starb, lebt er allein. D.h.: nicht ganz. Katzen gehören ebenfalls zum Haushalt. Sie haben es gut bei ihm. Das merkt man ihnen sofort an.

Er wohnt in einem kleinen, verwinkelten Haus voller Bücher und Zeichnungen. Gemütlich ist es bei ihm, trotz aller vordergründigen „Unordnung". Schmunzelnd zitiert er den Ausspruch eines Bekannten: „Künstler sind ja bekanntlich immer ein wenig schlampig ..."

Am Ortsausgang besitzt er einen großen Garten. Er nennt ihn selbstironisch seinen „Park". Und in der Tat hat das Grundstück etwas von einem Park: Seltene Pflanzen und Bäume wachsen hier. Alles liebevoll gehegt und gepflegt. Kommen wir von einem Spaziergang zurück, schauen wir gern bei ihm rein. Er ist fast immer anwesend. Sägt Holz, bastelt oder arbeitet im Garten. Immer lernen wir etwas dazu: Wie diese oder jene Pflanze zu behandeln ist. Ihre Herkunft. Wo er sie zum erstenmal sah usw.
Er sucht die Nähe zur Natur. Die Tiere scheinen sich bei ihm wohl zu fühlen: Überall hängen selbstgebastelte Vogelkästen, z.T. kunstvoll getarnt, um sie vor Mardern oder Katzen zu schützen. Aus einer alten Thermoskanne hat er eine

Behausung für Hummeln gemacht – einfach, indem er ein Loch in die Seitenwand gebohrt hat. Mit einem kleinen Vordach, damit kein Wasser ins Innere läuft. Auch Fledermäuse finden hier eine Unterkunft. Ebenso Siebenschläfer. Er kennt die Gewohnheiten der Tiere und weiß daher, was sie benötigen. Sie danken damit, dass sie ihm Gesellschaft leisten. Man kann den Eindruck gewinnen, dass er sich auf diese Weise einen Teil der Schöpfung zurückholt.

Der Mann verfügt über ein ungeheueres Naturwissen. Wir können nur staunen. Aber nicht nur das. Auch über Kunst, Kultur, Essen, Politik – über alles lässt sich mit ihm reden. Auch auf diesen Gebieten weiß er eine Menge. Seine Meinungen sind stets originell und regen zum Nachdenken an.

Aus all diesen Gründen schätzen wir ihn sehr, auch wenn wir uns erst in der letzten Zeit näher kennen gelernt haben. Der endgültige Durchbruch kam, als ich ihm mein Buch „Zugänge" schenkte. Er las sofort darin und gab mir noch am gleichen Tag eine sehr schöne Rückmeldung. Kapitel wie das über die „Müdigkeit" hatten ihm gefallen. Dann gab er mir sein Buch aus den sechziger Jahren, das ich ebenfalls mit Wohlgefallen und Gewinn zur Kenntnis nahm. Seitdem tauschen wir uns öfter aus: in Wort, Bild und Schrift gewissermaßen.

Was wir vor allem an ihm bewundern, ist seine Lebensauffassung. Er ist keine Spur wehleidig. Jammert nicht, obwohl er keine üppige Rente erhält. Im Gegenteil. Er ist ein wahrer Lebenskünstler. Fast aus dem Nichts kann er etwas machen: Auf einem grauen Kalenderrücken zeichnet er ein Katzengesicht. Aus einer halben Nussschale fertigt er ein Schiffchen mit Segel an. Alles findet bei ihm Verwendung. Das tut nicht nur der Umwelt gut. Es zeigt auch, über wie viel Phantasie dieser Mann verfügt. Die Dinge, die ihn umgeben, lösen bei ihm kreative Impulse aus, wie man das auch von anderen Künstlern kennt.

Wir hoffen, dass er uns noch lange erhalten bleibt und wir noch viele Gespräche mit ihm führen dürfen. Denn wir haben noch viel von ihm zu lernen.

Ein ganzes Leben

Nichts dürfte schlimmer für Eltern sein, als das Sterben des eigenen Kindes miterleben zu müssen. So geschehen in unserem kleinen Dorf.

Die Leute waren erst zugezogen. Hatten neu gebaut. Dann stellte sich heraus, dass der kleine Sohn an Krebs erkrankt war. Im Alter von zwei Jahren. Ab jetzt begann der Kampf gegen die heimtückische Krankheit. Mehrere Operationen. Medikamente. Therapien. Behandlungen hier und dort. Alles wurde versucht. Immer wieder gab es Hoffnung. Ich erinnere mich an einen Tag, als es hieß, die Chemotherapie habe angeschlagen. Der Kleine sei vorerst über'm Berg. Allgemeines Aufatmen im Dorf.

Ich sah den Jungen dann beim jährlichen Waldfest der Feuerwehr. Zum ersten und letzten Mal. Munter wie die anderen Kinder. Vielleicht etwas blasser und zarter. Aber mindestens genauso rege.

Dann der Rückschlag. Die Krankheit war wieder ausgebrochen. Der Kleine wieder im Krankenhaus: zur nächsten Chemotherapie. Zwischendurch konnte er immer mal wieder nach Hause. Spielte mit den Kindern. Ich höre noch sein Lachen und Rufen. Aber mit der Zeit ließen diese Aktivitäten mehr und mehr nach.

Er war ein ganz besonderer Junge. Er besuchte die Nachbarn und sprach mit ihnen, als ginge es darum, ihnen die Situation zu erklären. Gewissermaßen zum Trost. Er war sich seiner Lage völlig bewusst. Diesen Eindruck hatte auch meine Frau, die ihn besuchte, um von ihm Abschied zu nehmen, als es keine Hoffnung mehr gab. Die Mutter erzählte uns später, er habe sie getröstet. Er würde eines Tages als Stern vom Himmel herab grüßen.

Zweieinhalb Jahre nach Ausbruch der Krankheit, die für die Eltern die wahre Hölle gewesen sein müssen, starb der Junge. Die Mutter rief uns an. Sie war völlig gefasst. Sie hatte sich lange mit der Realität abfinden müssen. Wirkte bei aller Trauer in der Stimme auch irgendwie erlöst. Erlöst, weil der Kleine ruhig und friedlich eingeschlafen war und jetzt einer anderen Sphäre angehörte. Der Kampf war zu Ende.

Anfang Dezember fand die Beerdigung statt. Es war eine große Beerdigung. Aus dem Dorf waren viele gekommen. Aber auch von außerhalb, aus dem Freundeskreis der Familie. Besonders beeindruckt hat uns dann die Ansprache der Pfarrerin. Ich bin sonst kein Freund von Predigten am Grab. Selten gelingt es den Kirchenleuten, den richtigen Ton zu finden. Oft haben die Reden mit der Person wenig zu tun. Es werden irgendwelche Psalmen interpretiert und dann kommt das übliche: dem Herrn hat's gefallen.

Diesmal war es gänzlich anders. Die Pfarrerin sagte etwas zur Person, um sich dann die Frage zu stellen, ob man angesichts des kurzen Lebens des Kindes von einem „ganzen Leben" sprechen könne. Sie ließ die Antwort offen. Kreiste aber immer wieder um diese Frage. Wies behutsam darauf hin, dass auch dieses kurze Leben einen Sinn hatte. Dass es gut war, dass es diesen kleinen Menschen gegeben hat. Wie viel Freude er bereitet hat. Wie viele Schmerzen. Wie viel Menschliches also.

Als der kleine Sarg zur Grabstätte getragen wurde, bat die Pfarrerin alle Anwesenden, sich an den Händen zu fassen. Zu den Klängen von Robbie Williams „Angels" stiegen bunte Luftballons auf. Es war eine ergreifende Zeremonie. Lange schauten wir den aufsteigenden Luftballons nach. Es schien, als hätten sie ein ganz bestimmtes Ziel in den Wolken.

Ich habe noch Wochen später in den umstehenden Tannen unseres Grundstücks einen Luftballon entdeckt. Irgendwie kam es mir vor, als wollte er noch einmal an diesen denkwürdigen Tag erinnern. Eine Verbindung herstellen zu dem Kind.

Über die Worte der Pfarrerin denke ich noch heute nach. War das ein „ganzes Leben"? Auch ich weiß die Antwort nicht. Aber die Art, wie wir immer mal wieder von diesem Jungen erzählen, weist doch auf etwas hin, was möglicherweise unserem Verstehen nicht zugänglich ist. Es muss da noch etwas Größeres geben, das sich unserer Erfahrung und Wahrnehmung entzieht. Manche mögen es Gott nennen. Auf jeden Fall aber gibt es eine Verbindung über den Tod hinaus, die währt. Und so gewinnt die Aussage von Immanuel Kant, dem großen deutschen Philosophen, immer erneut Aktualität, der sinngemäß davon sprach, dass kein Mensch gestorben ist, solange man sich an ihn erinnert. So ist es wohl!

Unterschiede

Man macht immer wieder neue Erfahrungen. Eine, die mich besonders überrascht und erfreut hat, waren die Reaktionen auf meinen ersten Prosaband „Zugänge. Wie man aufwächst, so denkt man".

Für jemanden, der nahezu drei Jahrzehnte wissenschaftlich gearbeitet und publiziert hat, ist eine Veröffentlichung eigentlich nichts Besonderes. Im wissenschaftlichen Feld waren die Reaktionen relativ absehbar: War man in die Zitierkartelle der Profession einbezogen, gab es eine durchaus beachtliche Resonanz. War dies nicht der Fall, interessierten sich meist nur wenige Eingeweihte für das Geschriebene.

In meinem Fall lagen die Dinge noch etwas anders: Mein Anliegen war es stets, das von mir angeeignete Wissen an diejenigen zurückzugeben, von denen ich es im Wesentlichen bezogen hatte: an Praktiker in den Betrieben, in denen ich ganz überwiegend meine Forschung durchführte. Hier bekam ich die Anerkennung, auf die ich Wert legte. Um die Anerkennung im Wissenschaftsbereich buhlte ich nicht. Hat man die Anerkennungsrituale in diesem Feld durchschaut, die der Logik von Tauschverhältnissen folgen („zitierst du mich, zitier ich dich"), verliert man mit der Zeit das Interesse, sich in dieser Art von Konkurrenzkämpfen aufzureiben.

Als ich nun – nach Beendigung meiner beruflichen Tätigkeit – meinen ersten Prosaband veröffentlichte, war die Reaktion darauf ganz erstaunlich: Zuerst einmal überraschte mich, dass es überhaupt eine Resonanz gab. Der Verlag, in dem ich veröffentlichte, heißt „Books on Demand" und das sagt eigentlich schon alles: Der Verlag tut von sich aus nichts, um die Bücher unter die Leute zu bringen. Er reagiert lediglich auf Anforderungen.

Wir verschickten nach Erscheinen des Buchs einige Werbe-Postkarten und kauften schließlich ein eigenes Kontingent an Büchern, um diese zu verschenken. Schon die ersten Rückmeldungen waren ausgesprochen aufschlussreich: Meine 85jährige Schwiegermutter, die sonst nicht mehr viel liest, las das Buch in einem Zug und teilte mir anschließend mit, jetzt kenne sie mich besser. Sie war angetan. Die Reaktion meiner Geschwister war ähnlich: Da ich unser Herkunftsmilieu und den Kontext unserer Kindheit schildere, erkannten sie vieles davon wieder oder erinnerten sich teilweise sehr emotional daran.

Interessant für mich ist immer wieder, welche Themen auf Interesse stoßen: Das Kapitel über die *Katzenliebe* wird von fast allen angesprochen. Ein 80jähriger Mann aus unserem Dorf fand das Kapitel über *Müdigkeit* existentiell wichtig. Eine Freundin die Schilderung des Bildungsweges im Kapitel *Fremdes Terrain*. Ein Wissenschaftskollege setzte sich intensiv mit dem Essay *Der Mensch als Fehlkonstruktion der Schöpfung* auseinander.
Einige wundern sich über das breite Spektrum an Themen. Kurzum: Es gab von allen Seiten Reaktionen – was allein schon überraschend für mich war – und vor allem: Alle äußerten sich irgendwie positiv; zumindest fühlten sie sich angesprochen oder setzten sich in irgendeiner Weise mit den Themen auseinander.

So fiel der Ortsbürgermeisterin in unserem kleinen Dorf die von mir geschilderte Begebenheit der *Friedhofsrituale* auf. Genau das habe sie nach der Lektüre erlebt: dass der Friedhof des Dorfes zum eigentlichen Ort der Kommunikation geworden ist, da wir hier weder eine Kneipe noch eine Kirche, Schule o.ä. haben. Bleibt also oft nur der Friedhof.

Ein befreundeter Künstler, der u.a. Bühnenbilder für das Theater entwirft, war vom Kapitel *Oblomovieren* fasziniert. Dieser Ausdruck sei für ihn zum geflügelten Wort geworden.

Erschüttert haben die Kapitel über das *Porträt eines Einsamen* und das Prosagedicht *Alltag im April*, in dem ich das Leben in unserem Dorf schildere. Ein Bekannter, der sonst niemals Gedichte liest, hat sich für diese Form eines Gedichts geradezu begeistert. Es gar nicht für möglich gehalten, dass man so etwas schreiben kann.

Dann gab es Äußerungen von Menschen, zu denen ich seit Jahrzehnten keinen Kontakt mehr besaß. Sie nahmen Anteil an meinem Werdegang, wunderten sich, dass ich mich so wenig verändert habe (ich weiß nicht, ob das als Kompliment gedacht war) oder freuten sich einfach, wieder einmal ein Lebenszeichen erhalten zu haben.

Mich haben besonders die Stellungnahmen „einfacher" Leute – also derer, die literarisch nicht so bewandert sind – gefreut und vor allem interessiert. Was heben sie hervor; was spricht sie besonders an; was gibt ihnen das Gelesene? Das ist für mich eine ganz neue Erfahrung, dass man ganz neue Gruppen von Lesern erreicht. Und das wird auch in Zukunft für mich das Schreiben besonders reizvoll machen.

Was will man mehr? Wenn ich mir überlege, in welch kleiner Auflage das Buch erschienen ist und wie viele (positive) Reaktionen es ausgelöst hat, so bin ich nahezu gerührt darüber. So auch einer meiner „Ziehväter" – früher eine große Identifikationsfigur für mich: Er sei von dem Buch gar nicht mehr weggekommen und gespannt auf Weiteres. Na dann – wenn das keinen Mut macht. Dann schauen wir einmal, was da noch so kommt.

Der Kölsche Köbes

Den Köbes gibt es seit ungefähr zweihundert Jahren. Angeblich soll es ihn auch in Düsseldorf geben – aber das halten wir Kölner für ein Gerücht. Als Köbes wird in Köln ein Kellner in den alten Brauhäusern bezeichnet. Er trägt stets eine blaue Schürze aus Leinen mit einer ledernen umgeschnallten Geldtasche.

Die Ursprünge des Begriffs liegen im Mittelalter. Damit wurden Brauknechte bezeichnet, die Braufässer rollten, anschlugen und zapften. Oft waren das junge Männer, die sich auf der Pilgerfahrt zum Grab des heiligen Jakobus im spanischen Santiago de Compostela befanden. Sie verdienten sich in Köln ihr Geld für die Weiterreise, indem sie als Kellner anheuerten. Um sich nicht all die teilweise fremdländischen Namen merken zu müssen, nannten die Kölner sie nach ihrem Apostel Jakobus. Daraus wurde das verniedlichende Jaköbchen und daraus schließlich nach und nach der eingekölschte Name Köbes.

Der Köbes ist in der kölschen Brauhauskultur der uneingeschränkte Herrscher. Zur unverwechselbaren Art zu servieren gehört, dass er sofort ein neues Kölsch hinstellt, sobald das alte leer ist oder besser noch: zur Neige geht. Er fragt solange nicht, bis der Gast einen Deckel aufs leere Kölschglas legt und damit kundtut, dass es ihm jetzt reicht.

Die meisten von ihnen verfügen über einen recht derben Humor, der für Zugezogene oder Gäste durchaus gewöhnungsbedürftig ist. Dass jeder Gast sofort geduzt wird, gehört ebenso dazu wie die Behandlung der Gäste nach der jeweiligen Sympathie, die der Köbes für sie empfindet. Düsseldorfer haben es da besonders schwer, zumal wenn sie (versehentlich oder auch absichtlich) ein Alt bestellen. Einem von ihnen soll es passiert sein, dass er lange kein Bier bekam, bis ihm schließlich der Köbes ein völlig abgestandenes Kölsch mit den Worten hinstellte: He häs ding Aalt.

Der Köbes ist eine Institution, ja eine Macht. Was wäre ein Brauhaus ohne ihn? Wir hatten jahrelang Gelegenheit, eines dieser Exemplare aus der Nähe zu studieren. Nennen wir ihn Schäng.

Dieser Köbes verstand es, ein ganzes Lokal zu unterhalten. War er in Aktion, verwandelte sich das Lokal unversehens in eine Bühne, auf der unser Köbes ein erstaunliches Repertoire seiner komödiantischen Fähigkeiten darbot. Er war intelligent und schlagfertig, dass es einem oft die Sprache verschlug. War er gut in Form, war er der absolute Mittelpunkt des Geschehens. Er verstand es, eine Atmosphäre zu schaffen, als wäre permanent Karneval.

Wir gingen gern freitags gegen 16 Uhr in das Lokal. Die Arbeitswoche lag hinter uns. Man war darauf aus, sich zu entspannen. Am Nebentisch tagte ein Stammtisch älterer Damen. Das war für Schäng genau die richtige Klientel. Er half den Damen aus dem Mantel. Machte ihnen Komplimente. Kannte deren Gewohnheiten. Erkundigte sich nach dem Befinden. Konnte trösten und scherzen, wie es gerade angesagt schien. Jede der alten Damen fühlte sich angemessen behandelt und gewürdigt.

Kaum saß man, schon brachte er ein Kölsch und den passenden Spruch dazu. Ständig stand er in der Folge mit dem vollen Kranz[1] an einem Tisch. Machte seine Witze, hielt die Leute bei Laune und stellte sein Kölsch auch dann ab, wenn das alte Glas noch teilweise gefüllt war. Auf diese Weise

---

[1] Für alle Nichtkölschen: ein rundes Gestell, in dem die schmalen, hohen Gläser kranzförmig abgefüllt werden.

verstand dieser Köbes es – ganz nebenbei – die Umsatzgeschwindigkeit des Kölschkonsums um ein Mehrfaches zu steigern. Dieser Köbes ersetzte mindestens drei normale Kellner.

War noch nicht viel los im Lokal, erfuhr man das ein oder andere Persönliche von ihm. Er hatte selbst eine Kneipe besessen, war aber pleite gegangen. Weil er zu gut zu den Leuten gewesen war. Mit ihren nicht gezahlten Deckeln hatten sie ihn sitzen lassen. Nun müsse er arbeiten und noch mal arbeiten, um seine Schulden zu bezahlen. Und es konnte tatsächlich vorkommen, dass er in dem besagten Lokal seine Schicht absolvierte und anschließend in einem anderen Lokal desselben Brauhauses noch eine weitere Schicht schob. Dabei muss man wissen, dass der Köbes gut verdient. Die Leute sind gut organisiert und haben eine starke, durch Tarifverträge gesicherte Stellung – ganz abgesehen von den in der Regel reichlich gegebenen Trinkgeldern der Gäste.

Was wir an unserem Schäng hatten, merkten wir erst so richtig, als er eines Tages nicht mehr da war. Er hatte sich mit seinem Geschäftsführer – einem arroganten, eitlen Typen – überworfen. Ließ sich von dem nichts sagen. In der Folgezeit verlor das Lokal all seinen Charme. Wurde eine ganz normale Kölschkneipe ohne jede Originalität. Man wartete ständig auf sein Bier. Meist kam es abgestanden am Platz an. So etwas hatte es bei ihm nicht gegeben. Die Gäste blieben mehr und mehr weg. Und auch wir gingen nach einiger Zeit nicht mehr hin.

Was uns blieb war die Erinnerung an unseren Schäng – einem einmaligen Exemplar von Köbes, dem wir so nie wieder begegnet sind.

Die Pension am Mühlbach

Es ist zwanzig Jahre her, dass wir zu einem Winterurlaub aufbrachen. Für uns war das Neuland. Es war Mitte Dezember. Wir fuhren Richtung Allgäu. Sobald uns die Landschaft gefiel, bogen wir von der Autobahn ab. Wir näherten uns auf Nebenstrassen einem wunderschön gelegenen Tal. Umgeben von den Allgäuer Alpen zur Linken und den Hörnern zur Rechten. Wie eingerahmt.

Uns gefiel das Tal sofort. Es war nicht so eng und steil wie andere Gebirgstäler. Wirkte nicht so eingeklemmt oder düster, wie wir es in anderen Gegenden erlebt hatten. Wir fuhren ein wenig herum und schauten uns bei der Gelegenheit nach einer Unterkunft um. Dabei fiel uns die „Pension am Mühlbach" auf: ein stattlicher, mit einem Erker verzierter Bau. Direkt am Eingang zum Tal gelegen.

Wir klingelten. Uns öffnete ein Junge, der uns mitteilte, dass die Hausherrin unterwegs sei, aber am Nachmittag zurück komme. Wir stellten unseren Wagen ab und machten unseren ersten Rundgang. Das Wetter war eher mild. Von Schnee keine Spur. Gleichwohl entschlossen wir uns zu bleiben. Wir waren lang genug gefahren an diesem Tag.

Nach der Rückkehr der Wirtin mieteten wir eine Ferienwohnung, da wir uns selbst versorgen wollten. Im näheren Umkreis gab es kein Esslokal. Die Wohnung war zunächst etwas fußkalt, so dass wir uns im nächst größeren Ort einen Heißluftstrahler kauften, den wir später auch anderweitig verwenden konnten.

Abends gingen wir nochmals durchs Tal und kehrten unterwegs in einer Art Imbiss ein. Dieser wurde von einer Alten geführt, mit der wir allmählich ins Gespräch kamen. Wir fragten nach den Witterungsverhältnissen und vor allem: ob Schnee zu erwarten sei. Sie bejahte dies. Sie spüre schon den kommenden Schnee in ihren Knochen. Der sei wichtig für die Gegend. Nicht nur für die Liftbetreiber, sondern vor allem auch als Wasserreservoir. Durch den enormen Wasserverbrauch der vielen Hotels und Pensionen werde das Wasser in bestimmten Zeiten knapp.

Wir gaben nicht viel auf die Weissagung der Alten. Gingen bei Mondschein an einem Bach entlang zurück in unsere Pension. Es war sehr romantisch. Nichts deutete auf einen bevorstehenden Schneefall hin.

Wir sollten eines besseren belehrt werden. Als wir nach zwei Tagen am Morgen aus dem Fenster schauten, trauten wir unseren Augen nicht. So viel Schnee hatten wir seit Jahren nicht mehr gesehen. Über Nacht war bis zu einem Meter Neuschnee gefallen. Und es schneite immer noch weiter. Erst am Nachmittag verließen wir unsere Behausung und stapften durch den tiefen Schnee.

Am nächsten Tag wurde eine Loipe gezogen. Schneeschlitten fuhren durchs Tal. Eine Traumlandschaft. Wir kamen auf den Geschmack. Kurzentschlossen kauften wir uns in einem der größeren Orte eine Langlauf-Ski-Ausrüstung mit allem, was dazu gehört. Wenn nicht jetzt, wann dann, sagten wir uns. Von einem Bekannten, der weniger sportlich war als wir, hatte ich gehört, dass man den Skilanglauf durchaus selbst erlernen kann. Und vor allem: dass er gut für die Kondition ist.

Das bewahrheitete sich nun allerdings. Wir krochen nach den ersten Rundfahrten buchstäblich nach Hause. Alles tat weh. Da half auch ein heißes Bad nur wenig. Aber wir blieben bester Stimmung. Tranken unseren wohlverdienten

Wein. Schliefen tief und fest. Und standen am nächsten Tag wieder auf den Brettern.

Nach einigen Tagen wurden wir sicherer. Die Schmerzen ließen allmählich nach. Und es gelang uns, die ein oder andere Kurve zu nehmen, ohne zu stürzen. Dabei waren nicht so sehr die Stürze das Problem, sondern das Wiederaufstehen mit den langen Skiern. Oft gelang es uns vor Lachen nicht. Wenn der eine von uns im Schneehaufen lag und der andere sich gleich darauf dazulegte.

Unvergessen ist uns der Heilige Abend dieses Jahres geblieben. Wir waren den ganzen Morgen wieder auf der Loipe gewesen. Völlig ausgepumpt kehrten wir in unsere Behausung zurück. Wieder das obligatorische heiße Bad, um die Muskeln zu lockern. Dann der Anruf bei den Eltern. Ein ausgedehnter Mittagsschlaf. Und dann die Überraschung: unsere Hausherrin brachte uns eine Flasche Wein und selbstgebackene Weihnachtsplätzchen. Wir waren gerührt. Im Backofen brutzelte der Weihnachtsbraten. Der Wein schmeckte. Und wir fühlten uns wohlig wie lange nicht.

Gegen Mitternacht brachen wir zu einem Gang durchs weihnachtlich gestimmte Tal auf. Heller Mondschein. Und eine phantastische Schneelandschaft. Inmitten der umstehenden Berge. Wir liefen auf einen nahe gelegenen Ort zu. Aus der alles überragenden Dorfkirche drangen Klänge der Mitternachtsmette herüber. Immer näher kamen sie. Wir hörten andächtig zu. In diesen Momenten fühlt wir uns eins mit der ganzen Menschheit. Und irgendwie dankbar.

Nach unserer Rückkehr ahnten wir, dass dies wohl der schönste, zumindest aber beeindruckendste Heiligabend seit der Kindheit gewesen ist. Und das sagen wir bis heute.
Wir blieben bis Silvester. Machten Fortschritte. Und mussten dann leider unsere Ferienwohnung räumen, da über

Neujahr alle Zimmer der Pension ausgebucht waren. Der Hausherr half mir, den völlig zugeschneiten Wagen freizuschaufeln. Und wir fuhren – etwas wehmütig, aber irgendwie erfüllt zurück nach Hause. Nicht ohne zuvor das Versprechen zu geben, wiederzukommen.

Es dauerte achtzehn Jahre, bis wir unser Versprechen einlösen konnten. Zu unserer Überraschung konnten unsere Wirtsleute sich noch genau an uns erinnern. An die beiden seltsam Verrückten, die bis zum Umfallen und bei jedem Wetter Langlaufski gefahren waren. Und die so dankbar für den damaligen Heiligen Abend waren.

Mittlerweile haben wir uns mit unseren Wirtsleuten angefreundet. Die Hausherrin kocht für uns. Wir sitzen danach zusammen, trinken Wein und reden über alles, was uns bewegt. Der Hausherr, ein ehemaliger Meister bei Bosch, erzählt Interessantes aus seiner beruflichen Tätigkeit. Wie sich im Laufe der Jahre Produktionskonzepte und Managementstrategien verändert haben. Für uns – als Sozialwissenschaftler mit besonderem Interesse für betriebliche Belange – hoch relevant. Wie anders hört sich diese Binnenansicht an als das teilweise Geschwätz von ehemaligen Berufskollegen, die viele der Probleme nur aus der Theorie oder vom grünen Tisch her kennen. Uns wird klar, was die Unternehmen an Kultur und Kompetenz eingebüßt haben, als sie im Rahmen neuer Führungskonzepte damit begannen, den Einfluss der Meister zu verringern.

Die Chefin erzählt am liebsten von ihren Gästen – skurrilen und weniger skurrilen. Was sie so im Laufe der Jahre erlebt hat, würde ganze Bücher füllen. Wir sitzen, hören uns alles geduldig an und sind froh, diese Atmosphäre der Ruhe und Besinnlichkeit genießen zu können. Wie armselig dagegen sind doch Hotelzimmer mitsamt ihren öden Fernsehgeräten.

Wir fahren jetzt jedes Jahr in unsere Pension am Mühlbach, die uns eine Idylle geworden ist. Freuen uns, wenn unsere Beiden gesund und guter Dinge sind. Erfahren das Neueste aus der Gegend und genießen unser Tal, das sich immer wieder auf die angenehmste Weise zu präsentieren versteht. Wir hoffen sehr, dass das noch einige Jahre so weiter geht. Als Höhepunkt des Winters, solange es diesen noch geben mag.

Spätsommer-Feier

An einem milden Spätsommertag luden uns Bekannte, die wir aus beruflichen Zusammenhängen kannten, zu einer Feier in ihr Domizil inmitten der Lüneburger Heide ein. Gefeiert werden sollte das Ende ihrer Berufstätigkeit, ein runder Geburtstag und die Eröffnung einer kleinen Galerie, die von der Frau des Hauses künftig betrieben werden würde.

Wir machten uns auf die Reise. Schon ab Celle wunderten wir uns über die vielen Fachwerk-Häuser auf unserer Strecke. Je näher wir dem Zielort kamen, desto schöner wurde die Landschaft. Wir kamen in dem kleinen Dorf an und fanden das Anwesen der Beiden: ein alter Bauernhof mit Haupt- und Nebengebäuden. Teilweise saniert und wunderbar hergerichtet. Im geräumigen Innenhof waren bereits lange Tafeln feierlich gedeckt. Offenbar stand ein großes Fest bevor.

Ab dem Spätnachmittag trudelten allmählich die Gäste ein. Einige kannte man. Von anderen hatte man gehört. Wiederum andere kannte man aus der Literatur. Unter den Gästen befanden sich Skandinavier, Engländer, Polen und Italiener. Die Teilnehmer aus Deutschland kamen ebenfalls aus allen Richtungen. Ein buntes Völkchen kam da zusammen. Alles Leute, die unseren Gastgebern im Laufe ihres langen Berufslebens in irgendeiner Weise begegnet waren und mit denen sie sich angefreundet hatten. Hinzu kamen einige Künstler, mit denen die Frau Kontakte aufgebaut und Ausstellungen geplant hatte.

In einer der restaurierten Scheunen fand eine Kunstausstellung statt – oder neudeutsch: eine Vernissage. Wir schauten sie uns an und waren ganz angetan. Das Schöne an Ausstellungen dieser Art ist: man wird inspiriert. Die Phantasie wird angeregt. Die Sinne werden angesprochen.

Danach wurde an den langen Tischen Platz genommen. Man konnte sich setzen, wie man wollte. Getränke wurden gereicht. Das Essen aufgefahren – es gab so ziemlich alles. Als Besonderheit – und offenbar als Spezialität dieser Gegend: verschiedene Sorten herrlich zubereiteten Räucherfischs. Frisch aus dem Rauch. Eine Delikatesse.
Während des Essens begann man, kurze Ansprachen zu halten. In Englisch. Mehr oder weniger gut verständlich. Einige erzählten, wann und wo sie mit den Gastgebern bekannt wurden. Nicht feierlich, sondern in einem heiter-ironischen Ton. Aber auch teilweise emotional. Wie sich die Bekanntschaft im Laufe der Jahre entwickelt hat. In welchen Arbeitszusammenhängen man gemeinsam war. Was man zusammen durchgestanden hat. Welche Widerstände zu überwinden waren. Wie viel Niederlagen oder auch Erfolge man wo erlebt hatte. Es wurden z.T. sehr persönliche Bekenntnisse. Stimmungsvoll vorgetragen mit viel menschlicher Wärme. Wohl auch eingedenk dessen, dass viele sich darüber im klaren waren, dass man so häufig nicht mehr zusammen treffen wird.

Der Abend nahm seinen Lauf. Ein Teilnehmer hinter uns raunte: hier sind lauter Leute zusammen, die nicht dem Mainstream angehören. Er meinte wohl, die nicht Wissenschaft und Kunst betreiben, um Karriere zu machen. Die sich und ihrer Sache treu geblieben sind über viele Jahre. Und so war es wohl auch. Wenn man so will: viele Außenseiter, aber doch auch anerkannte Leute. Nur meistens nicht in der eigenen Profession.

Den Höhepunkt des Festes bildete dann das Auftreten einer Musikgruppe, die original Klezmer-Musik spielte. Wie passte das zu dieser anbrechenden Spätsommernacht. Über uns der klare Himmel. Die ersten Sterne. Die milde Luft. Und dazu diese melancholische, verträumte, romantische Musik. Das ergab eine unglaublich intensive Atmosphäre, die einen völlig in den Bann zog.

So saßen wir stundenlang zusammen. Tranken herrliche Weine. Ließen es uns schmecken. Und fühlten uns pudelwohl unter Unsresgleichen. Immer wieder schauten wir in den Nachthimmel. Unzählige Sterne gab es mittlerweile zu sehen. Als hätte der Herrgott ein Lichterzelt über uns gespannt. Eine unvergessene Sommernacht – voller Poesie, Emotion und Herzlichkeit.

Am nächsten Tag trafen wir noch einmal zusammen: zu einem wiederum ausgedehnten Frühstücksbüffet. Es schien, als wollten die Leute gar nicht mehr auseinander gehen. Stunden um Stunden saßen wir. Oft erkannte man erst jetzt einen Bekannten wieder, den man am Vorabend gar nicht wahrgenommen hatte unter den vielen Gästen. Umso größer die Freude, sich jetzt noch zu treffen.

Erst am Nachmittag hieß es dann, Abschied nehmen. Schweren Herzens. Was blieb war die Erinnerung an ein einmaliges Fest unter Bedingungen, wie man sie sich nicht schöner wünschen kann. Die wunderbaren Klänge der Klezmer-Gruppe noch im Ohr, fuhren wir schließlich davon: durch eine herrliche Heidelandschaft zurück in die sogenannte Zivilisation. Aber nicht, ohne uns noch mit dem berühmten Heidehonig und den ebenso bekannten Heidekartoffeln einzudecken.

Es tut gut, sich an derartige Erlebnisse zu erinnern. Zeigen sie doch, dass es doch noch Feiern gibt, die ihren Namen auch verdienen: Wo man miteinander redet, lacht, isst und trinkt, der Musik lauscht, die Gestirne bestaunt und es sich ganz einfach gut gehen lässt.

Bella Italia

Seit nunmehr dreißig Jahren fahren wir in unregelmäßigen Abständen immer einmal wieder nach Italien. Neben der schönen Landschaft und den vielen Sehenswürdigkeiten reizt uns stets aufs Neue das, was man die „italienische Lebensweise" nennen könnte: diese gewisse Leichtigkeit, das Unernste, ja bisweilen auch Verrückte vieler Italiener. Ständig scheinen sie sich in einer Art spielerischem Wettkampf zu befinden. Ob beim Autofahren oder diskutieren: Alles muss ausgereizt werden. Gestenreich und meist auch laut – so haben wir die Italiener kennen gelernt. Funktioniert etwas nicht (und in Italien funktioniert vieles nicht), wird es mit viel Palaver überspielt. Aber auch mit Phantasie. Ich erinnere mich, dass wir eine Ferienwohnung bezogen und das Wasser nicht lief. Mit viel Mühe gelang es uns, unseren Gastgeber davon zu überzeugen, der zunächst so tat, als sei das unmöglich. Das Haus, in dem wir wohnten, befand sich auf einem Berg. Plötzlich hörten wir einen ohrenbetäubenden Lärm. Auf einer Schiene und von einem Seil gezogen näherte sich eine Höllenmaschine unserem Quartier. Darauf unsere Koffer und ein Werkzeugkasten. Schließlich bequemte sich auch der Gastgeber zu uns und erklärte uns stolz seine Konstruktion. Um die steile Treppe zu meiden, hatte er für schwerere Lasten einen Aufzug konstruiert, der sich mit viel Getöse in Bewegung setzen ließ. Vor lauter Staunen hätten wir fast unser Anliegen vergessen. Nicht so der Meister. Er klopfte einige Male auf die Leitung, und siehe da – das Wasser sprudelt wieder. Als sei nichts gewesen, zog er mitsamt seiner Maschine wieder ab. Derartige Zwischenfälle gibt es in Italien ständig. Man gewöhnt sich daran. Man könnte sagen, es funktioniert hier nichts, aber alles nimmt seinen gewohnten Lauf, ohne dass sich jemand groß darüber aufregt.

Für den Italiener scheint es unfassbar zu sein, dass ein Gast ihn nicht versteht, kein Italienisch kann. Dabei muss man wissen, dass der Italiener von der Kommunikation buchstäblich lebt. Er muss ständig reden, gestikulieren, in Aktion sein. Wir Deutsche müssen ihm vorkommen wie Statuen.

So erging es mir mit unserem Gastgeber Virgilio. Zwar hatten meine Frau und ich einige Lektionen Italienisch gelernt, aber in einer konkreten Gesprächssituation brachte ich kein Wort heraus und wenn, dann die falschen. Ich verwechselte caldo und freddo – warm und kalt. Und einmal sogar panini mit Paganini. Kurzum: Es klappte nicht so recht mit der Alltagskommunikation – trotz der aufmunternden Gesten Virgilios. Meiner Frau ging es da besser. Sie verstand es schon nach kurzer Zeit, sich die wichtigsten Wendungen zu merken und mit viel Geschick anzubringen – stets aktiv unterstützt vom jeweiligen Gesprächpartner.

Meine intensivste Erfahrung mit Virgilio machte ich an einem ganz besonderen Sonntag: In einem Nachbarort fand das Fest der *Unita* statt. Virgilio und Familie luden uns ein, mit ihnen daran teilzunehmen. Als wir früh im Dorf ankamen, herrschte schon reges Treiben. Die Frauen waren dabei, den Teig für die Nudeln auszurollen. Alle möglichen Speisen wurden selbst zubereitet. Er war ein Augenschmaus, dem zuzusehen. Plötzlich setzte ein unglaublicher Sturzregen ein. Die Besucher versuchten verzweifelt, sich mit den herumliegenden Exemplaren der *Unita* vor dem Regen zu schützen. Es half wenig. Wir alle wurden nass bis auf die Haut. Nach etwa einer Viertelstunde kam die Sonne wieder durch. Als sei nichts gewesen, fuhren die Frauen mit ihrer Arbeit fort, und das Fest nahm seinen Lauf.

Wir aßen und tranken die herrlichsten Sachen. Es wurde getanzt und gelacht und wir fühlten uns unglaublich wohl unter den vielen fröhlichen Leuten.

Nachmittags fand eine Sportveranstaltung statt: ein Radrennen und ein Langlauf. Die Söhne Virgilios nahmen an dem Radrennen teil. Schon tagelang sprach er von nichts anderem. Um am Start dabei zu sein, mussten wir einige Kilometer fahren. In die Berge. Virgilio und ich fuhren voraus; unsere Frauen in einem zweiten Wagen hinterher. Was heißt hinterher: Sie versuchten, hinterher zu kommen. Aber Virgilio fuhr die Serpentinen hoch wie ein Formel 1 Fahrer. Immer die Kurven anschneidend. Mit quietschenden Reifen. Und mit einer Hand. Die andere brauchte er zur Untermalung seines Vortrags: Virgilio versuchte verzweifelt, mir die vielen Verwendungsmöglichkeiten der Olive zu vermitteln. Ich verstand immer nur einzelne Brocken ... oliva ... olio ... medicina. So ging das sicher eine halbe Stunde lang. Virgilio, angesichts meiner Verstocktheit verzweifelnd, gestikulierte immer heftiger mit der freien Hand. Manchmal auch das Steuer loslassend mit beiden. Selten habe ich während einer Autofahrt so geschwitzt. Schließlich kamen wir am Ziel an. Von den Frauen weit und breit nichts zu sehen. Wir hatten sie buchstäblich abgehängt. Und der Vortrag über den Nutzen der Olive war immer noch nicht zu Ende.

Schließlich kamen auch die Frauen an. Keine Vorwürfe. Sie hatten sich prächtig unterhalten. Und Norma kannte schließlich ihren Virgilio. Dann tauchten auch schon die ersten Radfahrer auf. Angefeuert von den vielen Zuschauern. Ein jeder begeistert begrüßt. Nach der Veranstaltung fuhren wir in unseren Ort zurück. Wieder in der gleichen Besetzung. Wir trafen uns im Dorfgemeinschaftshaus mit Freunden und Bekannten Virgilios. An einem langen, gedeckten Tisch. Uns wurde erklärt, dass das Haus unter Mitwirkung aller politischen Parteien in Eigenarbeit gebaut worden war. Und auch an den Festen in den umliegenden Dörfern würden sie alle teilnehmen – von den Christdemokraten bis zu den Kommunisten. Das sei alter Brauch. Wir fühlten uns sehr wohl unter diesen lebhaften Menschen. Und immer, wenn ich

Oliven esse, denke ich an meinen Virgilio und seinen eindrucksvollen Vortrag.

Virgilio half uns in vielem. Wir hatten in dem kleinen Haus, das wir gemietet hatten, keinen Fernseher. Das war misslich, weil gerade die Fußballweltmeisterschaft stattfand. Eines abends – es mag schon gegen 21 Uhr gewesen sein – hörten wir das Geräusch eines Traktors. Es war Virgilio mit einem Bekannten. Sie brachten uns eine große Matratze fürs Bett; einen Schreibtisch und den ersehnten Fernseher. Als Zugabe noch eine Zwei-Liter-Flasche Rotwein, den es nur hier in der Gegend gab, wie Virgilio uns versicherte.

Schließlich rückte der Tag des Endspiels näher. Unglücklicherweise trafen Italien und Deutschland aufeinander. Virgilio lud uns zu sich nach Hause ein. Eine nicht einfache Situation. Das Wohnzimmer war voller Freunde und Verwandter. Darunter einige Frauen, die mindestens ebenso engagiert waren wie die Männer. Ein Weltmeisterschafts-Endspiel Italien gegen Deutschland unter lauter Italienern ansehen zu müssen – das ist wahrlich kein Vergnügen. Gott sei dank war das Ergebnis eindeutig: Italien gewann klar und verdient, und so fiel es uns nicht schwer, uns damit abzufinden. Aber das Ganze war damit noch nicht zu Ende. Virgilio lud uns in den Ort ein. Zum Eisessen. Unterwegs Autokorsos und italienische Fahnen, wohin man sah. Ein unbeschreiblicher Jubel überall. Die Straßenschilder waren mit grün-weiß-roten Farben übermalt. In der Eisdiele bestellten wir uns Eisbecher. Auch das Eis wurde in den Nationalfarben gereicht. Wir wunderten uns über nichts mehr.

Einige Tage später fuhr meine Frau mit dem Fahrrad in den nächst größeren Ort, um einzukaufen und zur Bank zu gehen. Nach einiger Zeit kam sie unverrichteter Dinge zurück. Unsere Bank und eine weitere dazu hatten geschlossen. Den Grund erfuhr sie von Virgilio, der in der Nähe ein kleines

Juweliergeschäft besaß: Beide Banken waren innerhalb weniger Minuten überfallen worden. Die Männer des Ortes diskutierten aufgeregt in Gruppen über den Vorfall. Jeder hatte eine andere Theorie; jeder glaubte, irgendwas besonderes gesehen zu haben. Kurzum: Es war was los im Ort.

Als wir am nächsten Tag in den Ort kamen, hatten die Banken wieder geöffnet. Alles nahm wieder seinen gewohnten Lauf. Aber diskutiert wurde noch lange, obwohl unseres Wissens die Täter nie ermittelt wurden.

Auch als wenig später Virgilios Juwelierladen ausgeraubt wurde, verschwanden die Täter spurlos. Virgilio nahm es gelassen. Die Versicherung zahlte, und er konnte endlich seinen Laden modernisieren. So ist das in Italien: Die Katastrophen haben stets auch ihr Gutes. Zumindest sorgen sie für Abwechselung und reichlich Diskussionsstoff. Das ist doch auch etwas.

Bei einem weiteren Italien-Besuch lernten wir die italienische Küche von bester Seite kennen. Obwohl es schon Oktober war, wollten wir noch ein wenig von der Badesaison mitbekommen. Das klappte auch mehr oder weniger. In unserer Pension gab es nur noch wenige Gäste. Das Wetter war gemischt. Die Küste nicht besonders attraktiv. Um uns bei Laune zu halten, lud uns der Wirt zu einem Abendessen ein. In ein berühmtes Lokal der Gegend. Gemeinsam mit einem weiteren deutschen Paar. Wir fuhren in ein nahegelegenes Bergdorf namens Sassa. Von oben hat man einen herrlichen Ausblick über die gesamte Toscana. Bei guter Sicht bis nach Florenz.

Das Lokal hieß *La Grotta* und befand sich in einem angenehm kühlen Kellergewölbe. Hier kämen Leute aus über hundert Kilometern im Umkreis her, um hier zu essen. Spezialität des Hauses: Wildgerichte. Die Einwohner des Ortes hätten das Recht, das ganze Jahr über zu jagen. Daher seien die Speisen stets frisch.

Mit unseren Begleitern nahmen wir platz und harrten der Dinge, die da kommen würden. Unser Gastgeber verschwand in der Küche. Nach kurzer Zeit hörten wir ein heftiges Palaver von dort. Es hörte sich an wie Gefeilsche. Hin und her ging es. Unser Mann tauchte auf und machte Anstalten, das Lokal zu verlassen. Die Wirtin hinter ihm her. Es wurde ruhiger. Offenbar hatten sich beide geeinigt. Dann aber ging alles wieder von vorn los. So ging es fast eine Stunde lang. Da wir tagsüber wenig gegessen hatten in Erwartung des großen Essens, wurde unsere Geduld auf eine harte Probe gestellt. Aber es lohnte sich. Unser Gastgeber hatte ein Menü buchstäblich ausgehandelt. Jeden einzelnen Gang für sich. Daher das Palaver. Nicht nur die Abfolge von Speisen und Getränken, sondern auch den Preis. Als Primo gab es Spaghetti. Unsere deutschen Begleiter stürzten sich darauf. Auch sie waren ausgehungert vom langen Warten. Aber es erwies sich als großer Fehler, sich den Magen so schnell voll zu schlagen. Wir hielten uns an den Italiener. Er nahm von allem nur wenig. Nippte an seinem Wein. Und bestellte die weiteren Gänge. Ich erinnere mich an vier verschiedene Sorten Wild. Jeweils in eigener Sauce und mit besonderen Zutaten. Dazu gab es verschiedene Weine. Dann folgte der Käsegang. Dazu gab es eine süße Birne und ebenso süßen Wein. Unser Freund nahm kleine Häppchen und zu jedem Bissen Käse einen Schluck Wein. Wir taten es ihm einfach nach, während unser deutsches Pärchen längst das Handtuch geworfen hatte. Es konnte nur noch zuschauen. Danach gab es noch Kuchen oder Eis, Espresso und Grappa. Ein herrliches Menü, das sich über Stunden hingezogen hatte, fand sein Ende. Es gehört bis heute zum Besten, was wir je gegessen haben.

Wir haben nach mehr als 20 Jahren unser Sassa noch einmal besucht. Oft trügt ja die Erinnerung. Aber Sassa kam uns noch schöner vor als damals. Ein blumengeschmückter Ort auf einem Berg und der Blick über die herrliche Landschaft der Toscana. Das könnte der Mittelpunkt der europäischen Kultur sein, denkt man von hier oben. Wir fanden alles so wieder, wie wir es in Erinnerung hatten. Auch das kleine, von außen ganz unscheinbare Restaurant *La Grotta*.

Wie wohl haben wir uns in diesem Land immer gefühlt. Wie viele nette Leute kennengelernt. Z.B. Zio Bramante, einen etwa 80jährigen Wirt eines kleinen Weinlokals. Dort gingen wir fast täglich nach unseren Strandaufenthalten einen Wein trinken. Einen etwas sauren, fast nach Apfelwein schmeckenden Wein, der in einem Krug serviert wurde. Nachdem wir einige Male da waren, kannte uns Zio Bramante. Brachte uns den Krug und palaverte ein wenig mit uns. Wie viel Güte dieser alte Mann ausstrahlte. Sein rundes, etwas rötliches Gesicht. Sein freundlicher, wohlwollender Blick. Wie er sich freute, wenn meine Frau ein Schwätzchen mit ihm anfing. Er wollte wissen, woher wir kommen, was wir machen, wo wir Unterkunft gefunden haben usw.
Nicht selten kam es vor, dass sich andere Gäste zu uns setzten. Dann saßen wir lange und es wurde der ein oder andere Krug Wein getrunken. Irgendwann kam Zio Bramante dann an den Tisch und mahnte uns: carosello, carosello – er fürchtete um unser Wohl und wir folgten seinem sanften Hinweis, um uns am nächsten Tag erneut zum Wein bei ihm einzufinden.

Wir werden auch in den nächsten Jahren sicher noch des öfteren nach Italien fahren. Zu wenig kennen wir noch von diesem herrlichen Land. Seinen Kunstschätzen, seinen Landschaften, seinen Menschen. Darauf freuen wir uns immer wieder erneut.

Weihnachten in Paris

Es ist der Tag vor Heiligabend. Anfang der siebziger Jahre. Die Weihnachtsvorbereitungen sind getroffen. Alles Notwendige ist eingekauft. Weihnachten kann kommen. Wir sitzen in unserer kleinen Wohnung. Plötzlich wird uns klar – all unsere Bekannten und Freunde sind ausgeflogen. Über Weihnachten zu ihren Eltern gefahren. Bei uns will keine rechte Stimmung aufkommen.

Gegen 21 Uhr beschließt meine Frau ein Bad zu nehmen. Ich bleibe allein zurück. Überlege, was man tun kann, um die Stimmung zu heben. Ich habe eine Idee.

Als meine Frau aus dem Bad kommt, frage ich sie unvermittelt, ob wir nicht nach Paris fahren sollen. Sie schaut mich überrascht und etwas ratlos an. Vor allem aber denkt sie: Irgendwann einmal nach Paris zu fahren, das wäre sicherlich schön. Ich aber meine: wenn, dann sofort. Auf der Stelle. Würde man erst einmal eine Nacht darüber schlafen, fielen einem sicher viele Gründe ein, nicht zu fahren. Gemacht, getan. Meine Frau zieht sich um. Wir packen unsere Vorräte ein und fahren gegen 22 Uhr los. Mit unserem alten R 4 – mit Dreigang und der sogenannten Pistolenschaltung.

Wir kommen am Abend noch bis Saarbrücken, wo wir uns in einer Art Motel zur Übernachtung einquartieren. Eine Flasche Rotwein kommt mit aufs Zimmer, damit wir überhaupt einschlafen können. Am nächsten Tag müssen wir noch zur Bank, da wir nicht genügend Geld dabei haben. Im Saarland aber sind die Banken Heiligabend geschlossen. Wir erfahren, dass die Banken in Rheinland-Pfalz geöffnet haben. Also nichts wie los, die Zeit wird knapp. Buchstäblich um fünf vor Zwölf erreichen wir einen Ort mit geöffneter Bank. Meine Frau springt aus dem Auto und stürzt in die Bank. Das geplünderte Sparbuch schwenkend kommt sie nach einiger Zeit heraus. Wir haben unser gesamtes Sparvermögen abgehoben. Cirka 320,- DM. Damit lässt sich Paris erobern.

Bester Stimmung fahren wir über die Nationalstraßen Richtung Paris. Einige Male verfahren wir uns, aber das tut der Stimmung nur wenig Abbruch. Ich besitze erst seit vier Wochen einen Führerschein. Mir ist ganz mulmig, wenn ich an den Verkehr in Paris denke. Aber was kann uns schon passieren. Als wir endlich Paris erreichen, stürzen wir uns ins Verkehrsgetümmel. Nur nicht anhalten. Immer weiter fahren. Keine Rücksicht auf das aus allen Richtungen ertönende Gehupe nehmen.

Wir suchen ein kleines Hotel in der Rue de Versailles, wo ich vor Jahren schon einmal mit einem Freund übernachtet hatte. Immer auf der gegenüberliegenden Seite vom Eifelturm bleiben. Richtung Süden. Das ist der einzige Anhaltspunkt, den wir haben. Wie durch ein Wunder finden wir nach einigem Suchen unser Hotel. Beim Betreten ist uns nicht ganz wohl. Kein Personal in Sicht. Irgendwo läuft ein Fernseher. Der erste Eindruck ist nicht sehr ermutigend. Das ändert sich, als es uns schließlich gelingt, ein Zimmer zu buchen. Ohne Frühstück. Wir haben schließlich unsere Vorräte für Weihnachten dabei. Und den obligatorischen Milchkaffee trinkt man sowieso besser in einem Café.

Wir fahren in einem dieser typischen Fahrstühle aus dem letzten Jahrhundert hoch zu unserem Zimmer. Großes Bett. Ein Schrank. Zwei Stühle. Ein kleiner Tisch. Dazu ein Waschbecken. Ein Bidet. Alles da, was wir zu unserem Glück brauchen.

Heiligabend bummeln wir durchs Viertel. Nach einiger Zeit entdecken wir ein Restaurant. Offenbar eine vornehme Adresse. Draußen stapeln sich Kisten mit Austern und anderem Meeresgetier. Ein Herr in Pelzmantel betritt das Lokal. Wir schauen uns an und wissen, was zu tun ist. Auch wir gehen ins Lokal. Nehmen den ersten besten freien Tisch. Äußerst skeptisch beäugt vom Personal. Man merkt uns unsere Verlegenheit an. Außerdem stimmt unser Outfit nicht. Dennoch lassen wir uns nicht entmutigen. Wir bestellen sechs Austern mit einem Glas Champagner. Danach schaut uns der Kellner vielsagend an. Er wartet vergeblich auf weitere Aufträge. Das war es. Wir genießen unsere Delikatesse und bitten um die Rechnung. Sie beläuft sich auf 60,- DM. Ein Fünftel unseres Budgets ist dahin. Aber der Spaß, den wir haben, lässt sich in Geld nicht aufwiegen.

Am nächsten Abend besuchen wir ein vietnamesisches Restaurant. Als Deutsche sind wir um 19 Uhr hungrig. Als wir das Lokal betreten, ist kein Mensch da. Im Hintergrund hören wir asiatische Klänge. Als man uns wahrnimmt, bittet man uns höflich zu Tisch. Wir erhalten einen Teller mit glasig aussehenden Chips. Dazu Stäbchen. Der nette Ober fordert uns auf, schon einmal zu üben. Ein Teil des Personals tanzt zur laufenden Musik. Die Stimmung ist heiter und fröhlich.

Erst nach geraumer Zeit nimmt man unsere Bestellung entgegen. Wir fühlen uns zunehmend wohl. Allmählich füllt sich auch das Lokal. Als wir mit dem Essen fertig sind, ist es fast voll besetzt. Jetzt haben auch die Franzosen Appetit bekommen. Wir bleiben noch einige Zeit sitzen. Staunen über uns und die Umgebung. Genießen den Wein. Und erfreuen uns an einem ungewöhnlichen Abend in Paris. Wir bummeln anschließend über die großen Prachtstrassen und kehren noch irgendwo ein. Todmüde kommen wir nach Mitternacht ins Hotel zurück und schlummern bis weit in den nächsten Tag hinein. Die Pariser Luft bekommt uns.

Leider geht uns dann am dritten Tag schon das Geld aus. Wir müssen heimkehren. Auf der Rückfahrt – wieder über die Route National – haben wir einen Schaden an der Radaufhängung. Das ganze Auto hängt schief. Wir schaffen es mit großer Mühe nach Hause. Mit Tempo sechzig. Und buchstäblich mit dem letzten Tropfen Benzin. Ein paar Mark haben wir noch in der Tasche. Das reicht, um noch ein beruhigendes Bier trinken zu können. Wir sind uns klar darüber, dass wir eines der ungewöhnlichsten Weihnachten erlebt haben. Dafür haben sich alle Mühen gelohnt. So etwas macht man in dieser Form sicher nicht zweimal im Leben.

Kinder des Olymp

Diesen unvergleichlichen Film von Marcel Carné haben wir in den letzten vierzig Jahren sicher an die zehnmal gesehen. Er wird meist nur noch in den sogenannten Programmkinos gespielt. Meist am Sonntag-Nachmittag.

Die traurig-schöne Liebesgeschichte zwischen dem Pantomimen Baptiste (Jean-Louis Barrault) und der blumengleichen Garance (Arletty) fasziniert uns immer wieder aufs Neue. Wenn man bedenkt, unter welchen Umständen der Film gedreht wurde – ein unglaubliches Meisterwerk. Der Film wurde unter Bedingungen der Illegalität zwischen 1943 und 1945 gedreht. Wegen der deutschen Besatzung mussten die Kulissen einmal ganz abgebaut und an einem anderen Ort in Südfrankreich vollständig wieder aufgebaut werden. Daher die Drehzeit von über zwei Jahren.

Dem Film merkt man das nicht an. Trotz der melancholischen Grundstimmung einer unglücklich endenden Liebesgeschichte vermittelt der Film einen unbändigen (Über-) Lebenswillen. Verkörpert in der natürlichen Schönheit der Garance, die den scheuen Baptiste mit ihrem Ausspruch: „Die Liebe ist doch so einfach" in ihren Bann zieht. Garance verzaubert sie alle: den Schauspieler Frédérick (Pierre Brasseur), den Gauner Lacenaire und natürlich Baptiste, der wegen seiner Liebe zu Garance seine Frau und seinen Sohn verlässt, um sich seinem Schmerz hinzugeben.

Als Garance, die völlig mittellos ist, schließlich den steinreichen Comte de Montray heiratet und Paris verlässt, entwickelt sich zwischen den um Garance und die Gunst des Publikums konkurrierenden Männern Frédérick und Baptiste eine von gegenseitiger Anerkennung getragene Freundschaft. Beide beneiden einander um ihre jeweilige Kunst.

Als Garance nach Jahren kurzzeitig nach Paris zurückkehrt und die Kunst der Beiden bewundert, beginnt das Drama von Neuem. Es endet dann aber sehr schnell mit Garance's fluchtartigem Aufbruch, nachdem ihr Mann vom eifersüchtigen Lacenaire ermordet wird.

Immer wieder können wir uns an der Schauspielkunst der Protagonisten ergötzen. An der hoch interessanten Konstruktion des Films als „Spiel im Spiel". An der Welt des Theaters, dem Pantomimenspiel, von dem auch das gemeine Volk verzückt wird. Einige der Szenen werden vom Publikum lautstark begleitet. Wie überhaupt der ganze Film eine Vorstellung vom prallen Leben auf den Straßen von Paris vermittelt und man zu verstehen glaubt, was das berühmte „savoir vivre", das die Franzosen auszeichnet, bedeutet.

Bei jedem Besuch einer weiteren Filmvorführung hat man den Eindruck, das Publikum würde mit dem Film altern. Fast nur ältere Besucher schauen sich den Film an. Man kann sie in der Pause studieren. In die Jahre gekommene Liebespaare säumen den Flur. Alle ganz andächtig. Man nickt sich stumm zu. Alle scheinen das gleiche zu empfinden. Sinnieren über die Vergänglichkeit der Liebe, deren Metamorphose der Film in so unnachahmlicher Weise noch einmal vorführt. Alle schwelgen irgendwie in Erinnerungen – so kommt es uns vor. Beim letzten Besuch beobachte ich ein altes Paar – ich schätze fünfundsiebzig Jahre alt. Er drückt ihr stumm die Hand. Angerührt. Verkneift eine Träne. So geht es wohl den meisten.

Viele werden den Film ebenso wie wir schon mehrfach gesehen haben. Aber alle scheinen irgendwie entschlossen zu sein, beim nächsten Mal wiederzukommen, um sich erneut verzaubern zu lassen. Wie Kinder im Puppentheater. Oder eben: wie die Kinder des Olymp.

Spurensuche: Balzac und Max Ernst

1975 verbrachten wir unseren Urlaub an der französischen Atlantik-Küste. Bis heute einer unserer schönsten Urlaube. Wir wohnten drei Wochen auf einem Bauernhof in einem kleinen Nebengebäude, das einst Knechte und Mägde beherbergt haben mochte. Wir verpflegten uns überwiegend selbst, so dass wir nach Ablauf der drei Wochen noch einiges an Geld übrig hatten. So entstand die Idee, noch eine Woche in Paris zu verbringen.

Gemacht, getan. In der Rue-de-Versailles fanden wir unser kleines Hotel wieder. Von dort aus machten wir unsere Spritztouren ins Zentrum. Ich hatte im Urlaub viel Balzac gelesen. Mehrere Werke der Comédie humaine – der menschlichen Komödie.

In meinen Aufzeichnungen von damals finde ich folgende Notiz: „Balzac's ‚Ein Fürst der Bohème' zu Ende gelesen. Eine meisterhafte Form der Gesellschaftskritik. Diesmal am Beispiel der Verwaltung – des großen Parasiten am Lebenskörper der bürgerlichen Gesellschaft. Balzac verfügt über genaueste Kenntnisse seine Gegenstands. Kennt sich aus in den Mechanismen einer Verwaltungshierarchie. Ihren Strukturen und Gesetzmäßigkeiten. Die von ihm geschilderten Charaktere sind gleichzeitig Produkte und Produzenten dieser Strukturen. Sie legitimieren und reproduzieren diese Strukturen, obwohl sie gleichzeitig deren Opfer sind. Balzac schildert sie bis zur Karikatur ihrer selbst. Die Verwaltung erscheint als eine Art Anti-Natur: Der Tüchtige und Starke wird vom Ausdauernden besiegt; der unbemerkt Bleibende gegenüber dem Aktiven bevorzugt; das Schematische setzt sich gegenüber dem Phantasievollen durch.

Balzac als Intimkenner bürgerlicher Verhältnisse kritisiert diese radikal. Dies aber ist ihm nur möglich, weil er selbst tief in diesen Verhältnissen verwurzelt ist und jede scheinbar noch so unbedeutende Regung dieses Lebenskörpers wahrnimmt. Die Kritik entsteht aus einer Sensibilität für die Anomien ihrer tragenden Institutionen. Aber die Kritik rührt nicht wirklich an die Wurzeln der Gesellschaft. Noch bedarf das Bürgertum keiner Verdrängungsmechanismen. Es strotzt nur so vor Gesundheit. Ist bestenfalls ein wenig überfressen.

Der Verfasser nimmt am prallen Leben des aufstrebenden Bürgertums teil. Bedient sich gewissermaßen deren Nervensträngen. Man ist geläutert und glaubt noch an die selbstheilenden Kräfte der eigenen Klasse. Noch herrscht eine Art Waffenstillstand oder Gleichberechtigung von Wucher-, Zins- und Industriekapital. Die bürgerliche Klasse ist als produktive anerkannt. Aber noch sind deren Werte keineswegs dominant – eher befindet man sich auf dem Wege, gesellschaftsfähig zu werden. Das Leben ist anstrengend und nervt ein wenig. Immer noch gilt der Name und die Geburt als kreditwürdig. Und der Kredit stellt das innerste Geheimnis dieser Gesellschaftsepoche dar."

Es war Ehrensache, dass wir uns auf die Suche nach der Wohnung Balzacs machten. Sehr versteckt (und auch nicht sehr prächtig), finden wir sie. Sie liegt gewissermaßen über den Dächern von Paris, etwa in Höhe des Eifelturms, auf der gegenüberliegenden Seite der Seine. Wir zahlen pro Stunde 1,50 Franc Eintritt (das billigste, was uns in Paris in dieser Hinsicht begegnet ist). Wir besichtigen das kleine Haus: einige kleine Räume; ein ruhiger Garten, viele Fotos und Karikaturen von und über Zeitgenossen. Auch die Druckmaschine befindet sich in den Räumen, die Balzac sich angeschafft hatte, um die Druckkosten zu sparen. Er, der ständig in Geldnot war und daher täglich schreiben und publizieren musste.

Dann sehen wir eine wunderbare deutsche Gesamtausgabe seiner Werke. Schätzungsweise vierzig bis fünfzig Bände. Preis: 4.000 Franc. Leider eine Größenordnung, die unser Vermögen sprengt. Außerdem hatten wir uns gerade antiquarisch eine Ausgabe der „Menschlichen Komödie" gekauft.

Als wir das Haus Balzacs verließen, kam es uns vor, als hätten wir einer Pflicht Genüge getan. Aber der Liebe zu Balzac schadet dies keineswegs.

Bei einem der Rundgänge durch Paris entdecken wir dann plötzlich ein Plakat, auf dem eine große Max-Ernst-Ausstellung angekündigt wird. Eine erheblich erweiterte Retrospektive gegenüber der im gleichen Jahr 1975 gezeigten Ausstellung des New Yorker Guggenheim-Museums. Die Pariser Ausstellung im Grand-Palais der Galeries Nationales zeigte 328 katalogisierte Werke von Max Ernst.

Max Ernst war uns zu diesem Zeitpunkt durch unsere Beschäftigung mit den Surrealisten als einer der maßgeblichen Figuren dieser Bewegung bereits bekannt. Auch das ein oder andere Bild von ihm kannten wir. Als Poster hatten wir jahrelang seine berühmte gelb-orangenfarbene Sonne (oder war sie grün?) über den Bergen von Arizona an der Wand hängen. Aber nun Max Ernst im Original zu sehen – das fanden wir sensationell.

Auf den frühen Bildern aus der Zeit der Dada-Bewegung finden sich theoretische, literarische und/oder lyrische Versatzstücke. Wir entdecken ein Zitat aus Balzacs „Menschlicher Komödie": C'est le chapeau qui fait l'homme" (d.h. in etwa: Der Hut macht den Menschen/Mann oder Kleider machen Leute). Die Bilder sind teilweise mit Werkzeugen, Hüten, Textilien, Zeitungsausschnitten und anderem Zubehör „verziert". Uns gefällt der

Farben- und Phantasiereichtum, die Collagentechnik, ja: die ganze „Ver-rücktheit", die sich in den Ausstellungstücken widerspiegelt. Die den Dingen eine neue Bedeutung gibt und ihnen ihre scheinhafte Selbstverständlichkeit nimmt.

Natürlich ist auch das berühmte Bild „Rendezvous der Freunde" von 1922 zu sehen, das Max Ernst inmitten tatsächlicher bzw. fingierter Freunde zeigt: Max Ernst auf den Knien Dostojewskis sitzend; André Breton; Paul Eluard; Giorgio de Chirico, Louis Aragon u.a. Die Namen der Freunde sind auf den Schriftrollen an beiden Seiten des Bildes zu lesen. Da war sie also versammelt, die Surrealisten-Familie.

In unseren Notizen von damals heißt es abschließend: „Wir können nur einen Teil der Ausstellung sehen, obwohl wir bis zur Erschöpfung schauen. Immer wieder Pausen einlegend. Immer wieder Neues entdeckend. So beim Rausgehen, als uns auffällt, dass Bilder bis in die siebziger Jahre hinein zu sehen sind. Wir kaufen schließlich noch zwei Plakate (mit den Tauben drauf) und zehn Postkarten und – als Trost und Belohnung für unsere Mühe – einen Druck des Bildes ‚Interieur de la ville' (d.h. in etwa: Innenleben der Stadt)".

Erschöpft – aber glücklich, die Ausstellung gesehen zu haben, diskutieren wir in einem naheliegenden Café über die vielen Anregungen, die uns die surrealistischen Bilder gegeben haben: über die Bedeutung des Übersinnlichen; des Traums; des Unbewussten und überhaupt: über das surrealistische Lebensgefühl, wie es bereits Dostojewski Mitte des 19. Jahrhunderts in einem Brief an einen gewissen Strachov zum Ausdruck gebracht hat: „Ich habe meine eigenen Ideen über die Kunst, und zwar bestehen sie in folgendem: was die meisten Menschen als phantastisch betrachten, halte ich für das innerste Wesen der Wahrheit. Trockene Beobachtungen alltäglicher Banalitäten betrachte ich schon lange nicht mehr als Realismus – es ist genau das Gegenteil ... Ich bin ein Realist im höheren Sinne des Wortes" .

Vor kurzem – nach über 32 Jahren – haben wir erneut Bekanntschaft mit dem Werk von Max Ernst gemacht. In dem ihm gewidmeten Museum in Brühl gab es eine Ausstellung mit Bildern des jungen Paul Klee (im Hinblick auf Max Ernst). Anlässlich dieser Ausstellung haben wir dann – nachdem wir die Klee-Bilder genossen hatten – einen Rundgang durch dieses wunderschöne Museum gemacht. In ruhiger Atmosphäre, da die meisten Besucher die Klee-Ausstellung ansahen. Die Bilder und Skulpturen bestaunend, bewundernd, genießend. Und uns zurück erinnernd an jenen Sommer 1975, als wir in Paris die große Max-Ernst-Ausstellung gesehen hatten. Uns kam es vor, als schlösse sich hier ein Kreis.

Was ist realistisch?

Schon immer waren mir Kategorisierungen à la: „Naturalismus-Realismus-Surrealismus" fremd. Ich finde, sie sagen nichts oder wenig aus über eine Kunstrichtung. Schon alltagssprachlich ist das Attribut „unrealistisch" ambivalent. Oft werden damit Sachverhalte vorschnell abgetan. Der Hinweis, etwas sei „unrealistisch", dient oft als Hilfskonstruktion. Man möchte sich mit einem Sachverhalt gar nicht erst auseinander setzen. Hält dies für gänzlich überflüssig. Entschuldigt sich bestenfalls damit. Aber gerade in der Kunst ist der Hinweis besonders nichtssagend. Waren nicht große Errungenschaften oder Entdeckungen in Wissenschaft und Kunst häufig von Leuten ausgegangen, die man zunächst für Träumer oder „Verrückte" gehalten hatte? Leuten wie Galilei, Einstein, Freud, van Gogh, Picasso?

Worin bestand deren Provokation? Dass sie gewohnte Denk- und Wahrnehmungsweisen erschütterten? Dass sie an dominante Herrschaftsinteressen rührten? Dass sie die Gesellschaft auf Missstände oder Fehlentwicklungen hinwiesen?

Warum ist also die Forderung, die Dinge realistisch zu sehen, so eingängig, ja populär? Was bedeutet es denn, „realistisch" auf die Welt zu schauen? Fordert man damit nicht, die Wirklichkeit so zu akzeptieren und hinzunehmen, wie sie ist? Wäre das wirklich so wünschenswert, wie es vielen erscheint?

Zu sagen, man müsse die Dinge „realistisch" sehen, heißt unterschwellig doch immer schon: sie in ihrer Logik anerkennen. Dann gibt es eine „Logik des Krieges"; eine „Logik der Ökonomie" usw. Für mich schwingt da immer ein gut Stück Konformismus, ja Opportunismus mit. Dabei können wir es uns gar nicht erlauben, „realistisch" zu sein. Das lässt der Zustand der Welt nicht mehr zu. Zu fordern, dass jeder Mensch heute satt werden müsste, bedeutet ja schon fast, den Umsturz der herrschenden Weltordnung zu verlangen.

Was ist sie also, die sogenannte Wirklichkeit? Vor allem doch wohl eine Konstruktion. Oft nach Maßgabe herkömmlicher Denk- und Wahrnehmungsmuster, eingebettet in Wertvorstellungen, von denen keiner mehr weiß, wo sie herkommen und was sie bedeuten. Das lässt sich an jedem der ach so heroisch daher kommenden Begriffe der Moderne zeigen: Freiheit, Gerechtigkeit, Vernunft – was bedeuten sie noch? Versteht nicht jeder etwas anderes darunter? Haben sie nicht längst ihre Verbindlichkeit verloren? Haben sie je eine solche besessen?

Meist kommen diese Begrifflichkeiten in rationalistischem Gewand daher. Mit dem Anspruch auf Allgemeingültigkeit. Unantastbar. Unbezweifelbar. Aber was hat sie uns gebracht, die westliche, rationalistische Weltanschauung? Den Fortschritt? Demokratie? Wohlstand? Das allein? Oder nicht auch eine beispiellose Destruktivität, die sich am Ausmaß der Naturzerstörung, massenhafter Vernichtung von Menschen, Ausbeutung ganzer Kontinente und einer nicht endenden wollenden Kette immer perfekter inszenierter Kriege ablesen lässt?

Es kommt eben auf die Perspektive an, von der aus man auf die Welt schaut. Was heißt: auf die Welt? Wir alle sehen nur Ausschnitte, suchen uns heraus, was uns passt, genauer: Was in unser Weltbild passt und uns zu dem klein bisschen Identität verhilft, ohne die kein Mensch auf Dauer leben kann. Aber dass die Welt „rational" eingerichtet ist, dass sie unseren eigenen Wertvorstellungen entspricht – das wird so umstandslos wohl keiner behaupten wollen.

Genau hier setzen die Surrealisten an. Sie hinterfragen die vorherrschenden Werte und Begriffe. Dekonstruieren sie. Transformieren sie. Legen das Ausmaß an Entfremdung bloß, das von den dominierenden Verhältnissen und Institutionen ausgeht. Beispiel Kafka: Seine Kunst besteht darin, geradezu protokollarisch-präzise die von den bürgerlichen Institutionen Justiz und Familie ausgehenden Verfremdungen „nachzuzeichnen". Nicht er „ver-rückt" die Realität – sie ist sich selbst längst entfremdet. Ihrer Bestimmung enthoben. In das Gegenteil ihrer Zwecksetzung verwandelt.

Gerade am Beispiel Kafkas kann man zeigen, wie unsinnig die Zuordnung „realistisch"/„surrealistisch" ist. Wer vertritt den Standpunkt der Realität? Derjenige, der die Prinzipien der Gesellschaft hochhält oder derjenige, der das Ausmaß der Verzerrungen darstellt? Mir kommt es oft so vor, als müssten die Wertmaßstäbe der Gesellschaft gerade gegen diejenigen Ideologen verfochten werden, die vorgeben, in deren Namen zu handeln und zu argumentieren. Das ließe sich auf vielen Feldern der Ökonomie, Kultur, Wissenschaft usw. zeigen.

Vom Standpunkt der Mächtigen und Herrschenden aus sind diejenigen, die deren Werte hinterfragen, Aufrührer. So erging es den Surrealisten fast immer. Ihnen wurde unterstellt, die bürgerliche Ordnung zu untergraben. Dabei hatte diese sich selbst desavouiert: vor allem durch den Ersten Weltkrieg, der ja auf allen Seiten bezeichnenderweise als „Kampf der Kultur gegen die Zivilisation" geführt worden ist.

Den Surrealisten kommt das Verdienst zu, nicht nur die Dekadenz der herrschenden Verhältnisse thematisiert zu haben, sondern auch bestimmte „Einseitigkeiten" der westlichen Gesellschaften. Das Auseinanderklaffen von Denken und Fühlen, Rationalität und Irrationalität, Logik und Traum, Bewusstem und Unbewusstem und nicht zuletzt: Kunst und

Leben. Ihr Bestreben ging dahin, Bereiche wie Kunst und Poesie nicht als esoterische, von den übrigen Aktivitäten der Gesellschaft getrennte Sphäre anzusehen, sondern als Inbegriff menschlicher Aktivitäten überhaupt. Sie wollten sie nicht als unverbindlich-ästhetisches Spiel, sondern als integralen Bestandteil ganzheitlicher Aktivitäten des Menschen verankern.

Insofern kann man sagen, sie seien Utopisten. Idealisten. Visionäre. Aber in wessen Namen? Nicht irgendwelcher höherer und vermeintlich überlegener Prinzipien wegen. Sondern der einfachsten menschlichen Anliegen wegen. Don Quichote mag einer ihrer Urväter gewesen sein. Er verfocht die Ideale des Rittertums (Würde, Treue, Gerechtigkeit) gegen eine Gesellschaft, die diesen längst abgeschworen hatte. Die „Verrücktheit" des Don bestand darin, an Werten festzuhalten, die längst obsolet waren. Nur von daher kann man sagen, er sei der Wirklichkeit fremd gewesen. Aber er war eben auch größer als diese, da sie über keinerlei Visionen mehr verfügte.

Mir scheint, dass die Ignoranz gegenüber den Surrealisten – die es übrigens vor allem auch in Deutschland nahezu durchgängig gegeben hat – einem Abwehrmechanismus entspringt, der sich gern auf das „Realitätsprinzip" beruft – ohne anzugeben, was denn damit eigentlich gemeint sei. Gegenwärtig kann dies am Dogma des Neoliberalismus studiert werden. Dieser beruft sich gern auf die Zwänge der Globalisierung und betreibt von daher sein Geschäft der Aushöhlung jeglicher sozialer Standards. Schaut man sich die Annahmen des Neoliberalismus genauer an, so handelt es sich auch hier um willkürliche Konstruktionen, die keinem Vergleich mit der Wirklichkeit standhalten. Grob gesagt kann man feststellen, dass es der Versuch ist, die gesamte Gesellschaft nach Maßgabe betriebswirtschaftlicher Kalküle umzugestalten. Damit aber geht der Eigensinn gesellschaftlicher und kultureller Teilbereiche verloren.

In diesem Sinne müssen sich die Kritiker des Neoliberalismus vorkommen wie die ersten Surrealisten. Sie fordern ein, was diese Gesellschaft sich selbst an Normen gegeben hat – nämlich allen ein Leben in Würde und mit gleichen Chancen zu ermöglichen. Gerade aber dies wird von der herrschenden neoliberalen Doktrin als sachfremd in Frage gestellt. Damit aber wird der Zweck allen Wirtschaftens, den Klassiker wie Smith und Ricardo noch vor Augen hatten – nämlich den Wohlstand der Gesellschaft zu mehren – ins Gegenteil verkehrt. Nunmehr gilt als Zweck aller Ökonomie in erster Linie das Profitstreben.

An die Surrealisten wieder zu erinnern geht deshalb mit der Forderung der Aufklärung einher, sich seines eigenen Verstandes zu bedienen und die Wirklichkeit daraufhin zu hinterfragen. Sich nicht damit zufrieden zu geben, was sie vorgibt zu sein. Oder – um es mit den Worten eines führenden Surrealisten zu sagen: „Die Vernunft ist ein Licht, das mich die Dinge sehen lässt, wie sie *nicht* sind" (Francis Picabia).

Künstlertreff II oder:
Das Gesetz des Schweigens

Gelegentlich treffe ich mich mit meinem bulgarischen Künstlerfreund, dem Maler Zwetan Dinekov, genannt Zezo. Seit einigen Monaten in seinem neuen Atelier. Es ist hell und geräumig. Unsere Treffen sind meist kurz, aber intensiv.

Bei einem Espresso oder Rotwein reden wir über dies und das. Sehr einvernehmlich – oft bis ins Detail. Viele gemeinsame Wahrnehmungen und Sensibilitäten. Ein großes Spektrum an Themen: Kunst, Theater, Literatur; Persönliches.

Fast beiläufig erwähnt Zezo, er habe erst jetzt verstanden, was er während seines letzten Zyklus, also in den letzten vier bis fünf Jahren, habe ausdrücken wollen. Unbewusst habe er *es* gespürt, aber nicht artikulieren können: Das „Gesetz des Schweigens". Ohne bewusste Absicht habe er viele Probleme und Konflikte unter diesem Gesichtspunkt dargestellt – wie ein inneres Band, eine Art Generalthema, stelle es sich ihm heute dar.

Lassen wir einmal dahingestellt, ob es sich um eine nachträgliche Deutung handelt – aufgrund einer aktuellen Befindlichkeit – so ist die Formulierung „Gesetz des Schweigens" doch sehr aufschlussreich. Als Zezo die Formel ausspricht, stutzt er sofort. Sensibel wie er ist, spürt er, dass sie nicht ganz zutrifft. Aber im Moment findet er keine bessere Bezeichnung für das, was er geschaffen hat.

Ich denke auf dem Heimweg über den gesamten Gesprächskontext nach. Während unseres Gesprächs formuliert Zezo an verschiedenen Punkten seine Neigung, zu bestimmten Anlässen zu schweigen. Dabei kann es sich um eine unzutreffende Kunstkritik ebenso handeln wie um das Austragen von Konflikten. Er ziehe es dann vor, zu schweigen – oft zu lange, wie er sagt.

Da ich seine Bilder kenne, denke ich darüber nach, ob die von ihm verwendete Formel mir bei der Entschlüsselung der Bildbedeutungen hilft: Zezos Bilder beinhalten immer ein Geheimnis, lassen sich (jedenfalls für mich) nie restlos deuten. Verstehe ich sie jetzt besser? Ich denke schon. Das „Schattenhafte" seiner Figuren; ihre schemenhafte Verdoppelung – das ließe sich mit dem „Schweigemotiv" besser erklären. Ich habe ein Bild von ihm vor Augen – da scheint die angedeutete Figur mit dem eigenen Schatten zu kommunizieren. Mit dem eigenen Unbewussten, Verdrängten?

Es wird mir immer klarer, dass Zezo sich auf diese Weise mit vielen Problemen, die ihn beschäftigen, auseinandersetzt. Sie künstlerisch „löst". Das ist seine Art der Problembewältigung. Nicht die direkte, verbale Kommunikation.
Die „gesichtslosen" Figuren, die seine jüngste Phase prägen, kann man als Versuch interpretieren, ein Medium oder einen Reflexionsraum zu schaffen. Dazu bedarf es keines konkreten, identifizierbaren Subjekts. Vielmehr einer gewissen Abstraktion, die einen (Spiel-) Raum für Deutungen lässt. Jedes „erkennbare" Gesicht würde da nur stören, ablenken.

Zezo gelingt es mit dieser Methode, auf Allgemeines hinzuweisen. Ihm geht es darum, auf die generelle Bedeutung, das „Überschüssige" eines Problem, das sich ihm stellt, aufmerksam zu machen. Einen gewissen „Verweisungshorizont" zu schaffen. Durch den „Doppelcharakter" seiner Figuren und Motive eröffnet er den Zugang zu anderen (Bedeutungs-) Ebenen: Das mag das Unbewusste sein; eine geschichtliche Dimension oder auch das Transzendentale.

Mir scheint, dass er mit seiner Art der Formgestaltung nach Möglichkeiten sucht, als Künstler authentisch zu leben. Es ist sein Versuch, auf diese Weise mit Alltagssorgen, Ablenkungen aller Art, Zwängen und Routinen fertig zu werden.

Das wird mir immer dann klar, wenn er – fast entschuldigend – darauf hinweist, „Geld verdienen zu müssen". Zu diesem Zweck übernimmt er Auftragsarbeiten und arbeitet z.B. als Bühnenbildner. Manchmal fertigt er von einem „erfolgreichen" Bild eine Serie ähnlicher an, die seine Galerie vermarkten kann.

All das – so lässt er durchblicken – führt ihn als Künstler auf Nebengleise und entfernt ihn seiner Bestimmung. Die Orientierung an Marktgesetzen scheint ihn zu irritieren. Raubt ihm die Konzentration auf das Wesentliche – die Weiterentwicklung seiner Kunst.

Angesichts dieser existentiellen Grundsituation, die er nicht beliebig verändern kann, verbleibt ihm nur eins: zu schweigen. Aus diesem Dilemma gibt es keinen Ausweg, das weiß Zezo. Alle Arrangements mit dem Alltag sind vorläufig, aber auch notwendig. Mögen sie noch so bizarr und zerbrechlich sein. Darin liegt ein Gefährdungsmoment, und es gehört viel Kraft dazu, sich immer wieder zu einem *Dennoch* aufzuraffen. Das Schweigen ist eines der Resignation, gegen die immer wieder aufs Neue angekämpft werden muss. Angesichts dieser prinzipiell unlösbaren Grundsituation, die für jeden „echten" Künstler gilt, bleibt ihm oft nur dieser „Ausweg". Dabei weiß Zezo ganz genau, dass Schweigen nur solange ein Umweg sein kann, als ihm die „Transformation" in Kunst gelingt.

Statt vom *Gesetz* des Schweigens zu sprechen, bietet es sich vielleicht an, von der *Logik* des Schweigens zu sprechen: Denn schweigt man erst einmal, wird es immer schwieriger, aus diesem Schweigen auszubrechen. Je länger man schweigt, desto weiter dreht sich die Spirale des Schweigens.

Die Komplexität eines Problems nimmt zu, man weiß nicht mehr, an welchem Punkt man beginnen soll. Zu vieles scheint sich von selbst zu verstehen, hat sich vielleicht schon überlebt. Man hat den richtigen Zeitpunkt der Thematisierung verpasst – also schweigt man besser weiter.

Jede Intervention droht, das Problem zu verschärften. Aber Schweigen kann einen anderen verletzten, kann zur Eskalation beitragen. Das Reden aber ebenso. Also bleibt es doch beim Schweigen. Das könnte man die „Logik des Schweigens" nennen: Die Unmöglichkeit, eine bestimmte, einmal erreichte Komplexität noch aufbrechen zu können. Sach- und Beziehungsebene zu unterscheiden.

Bietet die Kunst einen Ausweg? Ich denke schon. Mit ihrer Hilfe kann ein Problem auf eine Meta-Ebene gehoben werden. Man gewinnt Zeit, sich über ein Problem klar zu werden. Das ist oft schon sehr viel. Mit Hilfe der Kunst kann der Weg zurück ins Leben erleichtert werden. Die Kunst kann insofern ein Wegbereiter sein. Ob Kunst und Leben letztlich harmonieren, lässt sich allgemein nicht bestimmen. Aber das gelebte Leben bedarf der Kunst – als Wahrnehmungs-, Reflexions- und Möglichkeitsraum. .

Zezo hat damit, dass er das „Geheimnis" seines letzten Zyklus dechiffriert hat, einen wichtigen Schritt getan. Vielleicht gelingt ihm auch noch der nächste: für seine Kunst weitere Perspektiven zu entwickeln, die es ihm erlauben, einen neuen Zyklus zu beginnen. Sich neuen Fragen zuwenden. Kraft für seine produktive Phantasie zu schöpfen.

Dieser ständige Prozess des Zweifelns und des Suchens ist es, der den Künstler zwingt, fortwährend den Horizont seines Werkes zu überschreiten. Das macht es so schwer, Momente der Identifikation mit dem Werk zu genießen. Manchmal gelingt es uns in unseren Gesprächen, solche

Momente festzuhalten. Auf jeden Fall aber sind sie ein Medium, die „Logik des Schweigens" für eine kurze Zeit zu unterbrechen.

Wegbereiter

Auf meinem langen, nicht ganz geraden Bildungsweg, haben mich vor allem drei Menschen maßgeblich beeinflusst und unterstützt.

Der Motivator

Der Erste war Joke Bruns, seinerzeit Dozent an der Deutsch-Niederländischen Heimvolkshochschule in Aurich. Vorher war er DGB-Jugendsekretär gewesen. Den gab es in den fünfziger Jahren noch. Ich hörte von meinem älteren Bruder und einem Freund von ihm. Beide hatten Seminare bei ihm besucht und waren von seiner Persönlichkeit fasziniert.

Ich war damals – Anfang der sechziger Jahre – Jugendvertreter bei der Stadtverwaltung Emden, wo ich eine Lehre absolvierte. So kam es unweigerlich, dass auch ich ein Seminar an besagter Heimvolksschule besuchte. Die Wirkung auf mich war enorm. Ich bewunderte diesen Dozenten. Sein Wissen. Seine persönliche Ausstrahlung.

Von ihm hörte ich, dass es möglich ist, das Abitur auf dem Zweiten Bildungsweg nachzuholen. Er selbst hatte es am Braunschweig-Kolleg gemacht. Es sei schwierig. Aber ich würde es schon schaffen. Das unterschied ihn von meinem damaligen Chef, der mir abriet, mich auf eine derartige Ochsentour zu begeben. Wie wichtig war es da, dass es jemanden gab, der einem Mut machte.

Ich beendete meine Lehre und arbeitete noch einige Zeit bei der Stadt. Aber in Gedanken war ich längst weg. Da ich nur Volksschulkenntnisse besaß (die zwei Jahre Handelsschule brachten mir wenig formales Wissen), beschloss ich, mich zu einem sechswöchigen Kurs an der Heimvolkshochschule Aurich anzumelden, um mich auf den Zweiten Bildungsweg vorzubereiten.

Es wurde eine Zeit voller Bildungserlebnisse. Wohl gemerkt: Nicht die Aneignung von Kenntnissen beeindruckte mich. Sondern dass sich mir ganz neue Welten auftaten: Literatur, Philosophie, Soziologie, Musik, Theater – kurzum: Bildungsbereiche, die mir bis dahin verschlossen waren und die mich fortan interessierten.

Beeindruckend an dieser Schule war die Vielfalt und die Art und Weise der Wissensvermittlung. Die Lernatmosphäre war überaus positiv: motivierend, zur Eigeninitiative anregend; in jeder Hinsicht förderlich. Hier wurden im besten Sinne Menschen geformt – nicht einfach totes Wissen vermittelt, wie wir es von der Schule gewohnt waren.

Und an all dem war dieser Dozent entscheidend beteiligt: Während der Direktor dieser Schule, der insbesondere die musischen Fächer vertrat, eher zurückhaltend moderierte, stellte mein Dozent das genaue Gegenteil dar: Er versprühte Optimismus, Aktivität und eine Energie, die einen einfach in den Bann zog. Er war es, der jede Diskussion bestimmte – ob auswärtige Referenten eingeladen waren oder nicht. Er war die dominierende Figur in jeder Aussprache. Er verfügte über eine enorme Allgemeinbildung und verstand es, zu argumentieren. Dabei versprühte er Charme und wickelte jeden Diskutanten ein, wie er nur wollte.

Aber er war es auch, der Lebensfreude vermittelte. Z.B. erinnere ich mich, dass die Möglichkeit bestand, vor dem eigentlichen Unterricht an einer Musikeinheit teilzunehmen. Eine halbe Stunde lang wurden Volkslieder gesungen, die er auf dem Akkordeon begleitete. Z.T. waren es Lieder aus der alten Arbeiterbewegung. So oft ich konnte – wenn ich nicht gerade verschlafen hatte – nahm ich an diesen Veranstaltungen teil. Das machte den Kopf frei und erwärmte das Gemüt.

Joke Bruns hatte aber auch noch ganz andere Fähigkeiten: Ich erinnere mich, dass wir eine Tages einen alten Torfkahn von irgendeinem Fehnort abholten und nach Emden verschifften. Diesen alten Kahn baute er sich mit unglaublichem Geschick und Arbeitsaufwand zu einem seetüchtigen Schiff um. Mit Wohnkabinen und allem was dazu gehört. Übrigens gegen den Rat sogenannter Experten, die dem Vorhaben mehr als skeptisch gegenüber standen.

Aber zurück zur Schule: In der Lernatmosphäre dieser Schule explodierten die Fähigkeiten einiger Schüler förmlich. Wir inszenierten das Theaterstück „Auf hoher See" von Slawomir Mrozeck, das wir später aufführten. Ich machte Bekanntschaft mit klassischer Musik. Und vor allem: mit Literatur. Wir lasen und interpretierten Gedichte, was mich faszinierte: zunächst verstand man rein gar nichts – etwa von einem Gedicht Günter Eichs. Und dann, wenn der Schlüssel zum Verständnis gefunden war, eröffnete sich der Phantasie eine ganze Welt voller Bilder und neuer Bedeutungen. Das Ganze kam mir vor wie ein Wunder.
Wie sehr hatte man uns in der Volksschule mit diesen dunklen, nichts sagenden Balladen etwa eines gewissen Ludwig Uhland gequält. Und nun das.

Völlig neuartig war mir auch der Umgang mit wissenschaftlichen Büchern, die damals en vogue waren. Ich erinnere mich z.B. an Theodor Geiger und Iring Fetscher. Selbst wenn man zunächst wenig verstand, da einem das begriffliche Instrumentarium vollständig fehlte – irgend etwas blieb hängen und regte zur Weiterbeschäftigung an. Noch war ich nicht so weit, Fragen stellen zu können. Aber irgendein Stachel der

Erkenntnis war angeregt. Und alles drängte darauf, weiter zu machen und nicht in den erlernten Beruf zurückzukehren.

Meinem Dozenten, der u.a. bekennender Atheist war, brachte der Versuch, uns in einem aufklärerischen Sinne zu erziehen, ziemlich viel Ärger ein. Ein Pastor aus der Gegend war der Meinung, unser Dozent verführe die Jugend mit gefährlichem Gedankengut. Er inszenierte eine Pressekampagne, die sich über einige Wochen hinzog. Die allerdings für den Initiator der Kampagne nach hinten losging: viele solidarisierten sich mit Joke Bruns. Die kontroverse Diskussion setzte Kräfte frei, die man gar nicht vermutet hatte. Ehemalige Schüler meldeten sich zu Wort. Viele berichteten von ihren Lernerfahrungen und wiesen den Vorwurf der Indoktrination entschieden zurück.

Auch der Zeitgeist wirkte mit. Es gab erste zaghafte Überlegungen zu einer neuen Deutschlandpolitik – als Vorläufer der späteren Ostpolitik Willy Brandts und Egon Bahrs. Man wollte nicht länger in einem kontraproduktiven, blindem Antikommunismus verharren, sondern suchte nach einem Weg der Überwindung der deutschen Spaltung.

Kurzum: Es gab eine ziemliche Solidaritätswelle mit dem Dozenten im Namen der Meinungs- und Lernfreiheit. Mit dem Nebeneffekt, dass dieser jetzt auch einer breiteren Öffentlichkeit bekannt war. Uns Jugendlichen galt er geradezu als Vorkämpfer für eine ausgeklärtere Zeit: Es galt, endlich den Mief der fünfziger Jahre hinter sich zu lassen und den Kopf frei zu bekommen für neue politische und gesellschaftliche Entwicklungen.

Wir diskutierten viel in dieser Zeit – über alles Mögliche. Wir freundeten uns an. Vor allem aber teilten wir eine gemeinsame Leidenschaft: das Schachspiel. Er hatte es - wie ich – vom Vater gelernt. Da er überaus ehrgeizig war, ließ er es nicht zu – was selten genug vorkam – dass der Tag mit einer Niederlage für ihn endete. So kam es vor, dass wir an solchen Tagen noch eine „Spätschicht" einlegten und bis in die Nacht spielten. Solange, bis er schließlich gewonnen hatte.

Auch konnte es passieren, dass er mich unter dem Vorwand, ich werde am Telefon verlangt, aus dem Unterricht holte. Wir gingen dann in ein nahegelegenes Café und spielten unsere Partie Schach. Da wir unsere Spielweise mittlerweile gut kannten, dauerten die Spiele oft mehrere Stunden oder mussten unterbrochen und am Abend fortgesetzt werden.

Gelegentlich fuhren wir spätabends noch mit dem letzten Bus nach Hause. Wir kamen beide aus Emden. Unterwegs setzte er sich unter die Arbeiter, die in die Nachtschicht fuhren und diskutierte mit ihnen. Er konnte das auf unnachahmliche Weise. Wollte wissen, was sie bewegt und argumentierte mit ihnen.

Auch konnte es passieren, dass wir auf halber Strecke ausstiegen. Er wollte sehen, was passiert. Wir gingen dann in ein Gasthaus oder sprachen mit Leuten. Irgendwie kamen wir dennoch immer wieder zu Hause an. Meist gingen wir dann noch zu ihm nach Hause, aßen noch etwas und spielten – natürlich – noch eine Partie Schach.

Zu dieser Zeit nahm er bereits rege am politischen Geschehen teil. Er besuchte Veranstaltungen der Akademie Loccum zu Themen der Zeit. Und vor allem nahm er jede Gelegenheit wahr, selbst Diskussionsveranstaltungen in der Schule durchzuführen bzw. Einladungen anzunehmen. Das konnten politische Veranstaltungen sein; aber auch die von Landfrauen, Kirchen u.ä.

Es blieb nicht aus, dass er mich zu einigen Veranstaltungen mitnahm. Ich erlebte, wie er zu dieser Zeit noch eher als Außenseiter angesehen wurde, z.B. auf Parteiveranstaltungen der SPD. Mich beeindruckte das nur um so mehr, zumal er sich in seinen Auffassungen nicht beirren ließ.

Während ich nur für kurze Zeit SPD-Mitglied wurde - bald aber schon wieder austrat (ich konnte nicht verstehen, dass der ehemalige Widerstandskämpfer Willy Brandt unter dem ehemaligen Nazi Kurt Georg Kiesinger Außenminister wurde), ging er in die Politik. Die örtliche Partei war wegen eines Skandals in eine tiefe Krise geraten und er, der politisch unbescholten war, bot sich als Alternative an. Er wurde Landtagsabgeordneter; später Fraktions- und Landesvorsitzender der SPD in Niedersachsen.

Mit den Jahren verloren wir uns aus den Augen. Ich verließ die Stadt. Er sorgte dafür, dass ich einen Platz an der Heimvolkshochschule Springe bekam, um an einem mehrmonatigen Aufbaukurs zur Vorbereitung auf den Zweiten Bildungsweg teilnehmen zu können.[2] Und er war in der Politik unabkömmlich. Wir trafen uns noch einige Male und dann immer seltener. Im Laufe der Jahre hörte ich dann immer häufiger, er sei zum Pragmatiker geworden. In seiner Position wohl unausweichlich. Ich verfolgte seinen politischen Weg mit Interesse, aber zu Diskussionen zwischen uns kam es kaum noch, da er sich überwiegend in Hannover aufhielt.

Als ich ihn nach über drei Jahrzehnten wieder besuchte, hatte er seine politische Karriere bereits hinter sich. Er kam mir ausgebrannt vor. Nicht resigniert, aber doch ernüchtert. Auch hielt er es für einen Fehler, alle politischen Funktionen auf einmal aufgegeben zu haben. Wenigstens das Landtagsmandat hätte er behalten sollen, meinte er. So hatte er gewissermaßen von Hundert auf Null umgeschaltet – und das bekam ihm augenscheinlich nicht besonders gut.

---

[2] Darüber habe ich in meinem Buch „Zugänge. Wie man aufwächst, so denkt man" berichtet: im Kapitel „Fremdes Terrain".

Wie auch immer dem sei: Ich weiß, dass er meinen Weg entscheidend mitgeprägt hat. In einer Zeit des persönlichen Umbruchs, die ich ohne seine Hilfe wohl kaum bewältigt hätte. Er war es, der mir Zuversicht und Selbstvertrauen gab und vor allem: der mir in dieser für mich entscheidenden Phase meiner Entwicklung ein Vorbild war, an dem ich mich orientieren konnte. Dafür danke ich ihm.

Der gleichgesinnte Lehrer

Die zweite Persönlichkeit, die mich entscheidend geprägt hat, war mein Deutschlehrer am Hessen-Kolleg Wetzlar, Manfred Peter. Er hatte in Frankfurt/M. u.a. bei Carlo Schmid und Theodor W. Adorno studiert. War nach dem Studium am Goethe-Institut in Sevilla tätig, wo er seine spanische Frau Carmen kennenlernte.

Am Hessen-Kolleg gehörte er zu den jüngeren Lehrern. Anders als die meisten Lehrer an diesem Kolleg, die ihren Stoff mehr oder weniger routiniert darboten, verstand er es, sich immer wieder aufs Neue für das Dargebotene zu begeistern. Er war durch und durch humanistisch gebildet. Kannte sich insbesondere in der spanischen und lateinamerikanischen Kultur hervorragend aus. Und vor allem: Er verstand es, seinen Unterricht „projektförmig" anzulegen; behandelten wir im Fach Geschichte z.B. die Zeit der Renaissance oder der Aufklärung, unterrichtete er parallel dazu im Fach Deutsch die Entstehung des Romans. Er vermittelte uns die philosophischen Grundlagen dieser Epoche, weckte das Interesse für die Literatur anderer Länder (Cervantes; Marquez). Brachte uns die Malerei der Zeit nahe (Goya). Ebenso die politischen und gesellschaftlichen Kontexte einer Epoche.

Diese Art des Unterrichts setzte viele Impulse frei. Man verstand die Zusammenhänge besser. Vor allem aber drang man tiefer in eine Epoche ein, als wenn man sie nur in einem Fach behandelte. Er konnte den Unterricht überaus lebendig gestalten. Schaffte es, aktuelle Bezüge herzustellen. Das war gerade in dieser Zeit – den Jahren zwischen 1966 und 1968 – überaus wichtig. Und er strahlte einen Optimismus aus, der auf einen überging. Wie oft haben wir im Unterricht gelacht. Er konnte herrlich lachen – befreit, unbekümmert, jungenhaft. Aber uns verband auch eine gewisse Sensibilität für das Leiden der „Erniedrigten und Beleidigten", wie Ernst Bloch es formuliert hat.

Meine Begeisterung für diesen Lehrer führte dazu, dass ich fast nur noch für seine Fächer lernte. Ich las die „Theorie des Romans" von Georg Lukács; die großen Romane von Thomas und Heinrich Mann. Dann: Cervantes, Musil, Kafka, Shakespeare, Goethe, Büchner, Brecht – kurzum: alles, was er angeregt hatte. Ehrlicherweise muss ich sagen: Ich las die Romane, Erzählungen, Dramen usw. nie ganz; von einem Freund, der sehr belesen war, ließ ich mir die wichtigsten Stellen kennzeichnen und las dann sehr ausgewählt. Noch heute besitze ich alte Romanausgaben, bei denen auf der Innenseite des Deckblatts die diversen Seitenangaben notiert sind. Ich hatte einfach nicht die Zeit, alles vollständig zu lesen. Ich musste mich auf das Wesentliche konzentrieren. Und es funktionierte. Mit der Zeit entwickelte ich ein bestimmtes Schema, dass es mir erlaubte, Deutsch-Aufsätze höchst ökonomisch zu konstruieren: Zunächst wurden gesellschaftliche und geistesgeschichtliche Kontexte dargestellt; dann ein wenig von der Handlung – wobei ich Bezug auf diese Kontexte nahm; dann wurde das Ganze gewürdigt und zusammenfassend resümiert.

Da mein Lehrer täglich zwischen seinem Wohnort Okarben und Wetzlar pendelte, kam es vor, dass ich ihn zum Bahnhof begleitete, um unterwegs noch einige Zeit mit ihm zu diskutieren. Dann kam es nicht selten vor, dass wir uns noch ins

Bahnhofscafe setzten und er den ein oder anderen Zug fahren ließ, damit wir ein Thema auszudiskutieren konnten.

Mit der Zeit freundeten wir uns an. Er lud mich zu sich nach Hause ein, und hier erlebte ich eine südländische Gastfreundlichkeit, wie ich sie kaum später noch einmal erfahren habe. Seine spanische Frau hatte eine Paella vom Feinsten bereitet: eine riesige Pfanne mit diversen Gemüsen, Kaninchenteilen, Muscheln, Langusten usw. Das Ganze war auf eine Weise gewürzt, wie ich sie bis dato gar nicht kannte: Safran, Curry, Knoblauch, Cayennepfeffer usw. – alles Dinge, die ich von zu Hause nicht kannte. Diese Paella war ein Kunstwerk, und das ganze Essen dauerte Stunden. Wir tranken, diskutierten, hörten Musik – es war eine ganz neue Form der Gastlichkeit.

Es war eine bewegende Zeit. Die Studentenbewegung war im Aufbruch, wovon einiges auf unser Provinzstädtchen überschwappte. Die alten Autoritäten gerieten ins Wanken. Man fühlte sich als Teil einer Bewegung, wovon man noch nicht so genau wusste, wohin sie führen würde.

Am Kolleg erprobten wir ebenfalls Formen des Widerstands. Wir schlugen alternative Lerninhalte vor – z.B. im Fach Wirtschaft, wo uns bis dahin lediglich abstrakte Modelle präsentiert wurden, aber zu den aktuellen wirtschaftlichen Entwicklungen kein Bezug genommen wurde. Immerhin gab es 1967 bereits eine Wirtschaftskrise und die ersten Arbeitslosen. Im Unterricht erfuhren wir davon nichts. Nach den Modellen der liberalen Volkswirtschaftslehre, die einer der Lehrer vertrat, konnte es eigentlich gar keine Krisen geben. Sie befanden sich stets im Gleichgewichtszustand.

Ein damaliger Freund und ich, wir widersetzten uns dem. Verlangten Erklärungen. Andere Denkmuster. Verweigerten Klausuren, die nur aus dem Abfragen von totem Wissen bestanden. Das alles führte zu schulischen Konflikten, die uns fast das Abitur gekostet hätten.

Mein Deutsch-Lehrer stand auf unserer Seite. Ebenso sympathisierte der Direktor des Kollegs – ein ehemaliger SPD-Bundestagsabgeordneter – mit uns. Wir bekamen Rückenwind und standen die Konflikte durch.

Meine Deutsch-Aufsätze, in denen ich u.a. politische Themen behandelte, wurden einige Male vervielfältigt und am Kolleg verteilt. Auch schrieb ich in der örtlichen Presse einen längeren Artikel zur Studentenrevolte. Das sorgte am Kolleg für einiges Aufsehen. Viele meiner Sichtweisen verdankte ich den Diskussionen mit meinem Lehrer.

Als das Abitur endlich geschafft war, hielten mein Lehrer und ich die Reden auf der Abitursfeier: er für die Lehrer; ich für die Schüler. Es wurde ein mittlerer Skandal. Der Bürgermeister der Stadt verließ noch während der Rede meines Lehrers den Festsaal. Und auch ich hielt eine Rede, in der ich die üblichen Floskeln und Danksagungen vermied. Mein Lehrer und ich hatten die Reden vorher aufeinander abgestimmt. Wir nahmen Bezug auf die Ereignisse der Zeit: die Verabschiedung der Notstandgesetze; die Hetze der Springer-Presse gegen die Studenten; die Notwendigkeit politischer Reformen und – vor allem – der Neugestaltung des Bildungs- und Hochschulsystems.

Das alles kam in der örtlichen Presse nicht gut an. Mein Lehrer hatte Mühe, einer Dienstaufsichtsbeschwerde zu entgehen. Er verließ Deutschland und ging mit seiner spanischen Frau nach Kolumbien, wo er Direktor an einer deutschsprachigen Schule wurde. Wir hielten über viele Jahre brieflichen Kontakt. Eine der immer wiederkehrenden Fragen, die ich ihm stellte, lautete: Warum gibt es in Lateinamerika trotz all der Armut und Ausbeutung keine Revolution? Ich konnte es nicht begreifen. Seine lapidare Antwort lautete: „Lesen Sie den Roman „Hundert Jahre Einsamkeit" von Marquez, dann werden Sie verstehen". Ich las den Roman und verstand.

In dieser Zeit besuchte er uns einmal. Brachte Geschenke aus Kolumbien mit. Diskutierte lange mit uns. Schien ernüchtert. Hatte aber sein Lachen bewahrt.
Später kehrte er nach Deutschland zurück. Wurde als Oberstudiendirektor Leiter des Hessen-Kollegs in Wiesbaden. Eines Tages entschloss ich mich, ihn mit einem Besuch zu überraschen. Wir sahen uns an, umarmten uns stumm, und die alte Vertrautheit war wieder da.

Noch einmal besuchten meine Frau und ich ihn. Wieder war die Gastfreundschaft, die seine Frau und er uns gewährten, beeindruckend. Aber er schien mir auf seltsame Weise entrückt. Hatte er resigniert? Sich abgewandt? Fühlte er sich ausgepowert? Ich weiß es nicht. Ich habe ihn nicht wiedergesehen. Das ist jetzt zwanzig Jahre her. Ich weiß nicht einmal, ob er noch in Deutschland ist oder ob er überhaupt noch lebt. Aber eines weiß ich: Er hat mir in einer wichtigen Lebensphase Rückhalt und Zuversicht gegeben. Und ich habe viel von ihm gelernt. Deshalb sei auch er bedankt.

Der Professor als Freund

Der Dritte im Bunde war Gerhard Kraiker, damals noch als Assistent am Politischen Seminar der Universität Giessen tätig. Ich lernte ihn auf ungewöhnliche Weise kennen. Ich hatte mich entschlossen, mein Germanistikstudium zu beenden, da mir die Art und Weise, wie man damals literarische Texte sezierte bzw. versuchte, sie in irgendwelche mehr oder minder einsichtigen Schemata zu pressen, nicht behagte. Ich verließ eine Vorlesung in Mittelhochdeutsch, in der ich aufgefordert wurde, einen dieser antiquierten Texte zu rezitieren. Ich stellte mich einfach taub und reagierte auf die Aufforderung des Professors nicht.

Ich beschloss, Politikwissenschaften zu studieren. Zu diesem Zweck suchte ich das Politische Seminar auf, das damals dem Germanistischen gegenüber lag. Ich ging in das nächstbeste Zimmer, in dem jemand saß – und traf auf ihn. Ich schilderte ihm mein Anliegen. Er betrachtete mich nachdenklich. Sog an seiner Pfeife und empfahl mir, doch die Vollversammlung der Studenten zu besuchen, die in einigen Tagen zusammentreten würde, um eine Fachschaft zu wählen. Dort würde ich einiges über die geplanten Studienreformen erfahren und könnte mal in das neue Fach reinschnuppern.

So geschah es. Ich nahm an der Versammlung teil und lieferte sogar – entgegen meiner Angewohnheit – einen kleinen Redebeitrag. Das führte dazu, dass ich in die Fachschaft Politik gewählt wurde, obwohl ich keiner der studentischen Gruppen angehörte. Ich erhielt seltsamer Weise die meisten Stimmen.

Nun nahm ich in der Folgezeit an den Institutskonferenzen teil. Lernte die Professoren und Assistenten kennen und nahm an den mich interessierenden Seminaren teil. Eines davon leitete er. In einer Arbeitsgruppe erarbeiteten wir ein Referat über die ideologischen Grundlagen des sowjetischen Systems. Mit viel Aufwand. Oft arbeiteten wir bis in die Nacht hinein.

Das Verhältnis der Lehrenden zu den Studenten war damals überaus locker. Man duzte sich größtenteils; ging nach den Konferenzen oder Seminaren noch gemeinsam ein Bier trinken und lernte sich auf diese Weise besser kennen. Der gemeinsamen Arbeit hat das nur gut getan.

Etwas später wurde ich dann studentischer Tutor – mit der angenehmen Nebenfolge, dass für diese Tätigkeit bezahlt wurde: nach meiner Erinnerung gab es 275 DM. Für meine Frau und mich viel Geld in dieser Zeit.

Gemeinsam mit meinem späteren Professor führte ich dann einige Seminare durch. Zur Staats- und Gesellschaftstheorie. Wir trafen uns zu Vorbereitungssitzungen und luden uns mit der Zeit auch privat ein. Meist Freitagabend zum Skatspiel mit unseren Frauen. Es wurden angenehme, gesellige Zusammenkünfte.

Später spielten wir miteinander Tennis auf dem Tennisplatz seines Wohnortes. Wiederum später spielten wir dann auch Schach miteinander. Er war ein ausgezeichneter Schachspieler. Nur im allerersten Spiel gelang es mir, ihn zu überraschen. Danach habe ich nie mehr eine Partie gegen ihn gewonnen.

Zum Abschluss meines Studium schrieb ich bei ihm eine Klausur über Revisionismustheorien und wurde von ihm im Hauptfach Politikwissenschaft geprüft. Danach bot er mir an, ein gemeinsames Buch zu schreiben – mein erstes und das gleich im großen Suhrkamp-Verlag. Für mich eine aufregende Sache. 1975 erschien das Buch als Nr. 685 in der altehrwürdigen Edition Suhrkamp – inmitten lauter großer Namen.

Während der Arbeiten am Buch wurde er zum Professor für Politikwissenschaft an die neu gegründete Universität Oldenburg berufen. Ich ging nach Bremen an die Universität, wo ich eine Stelle als Akademischer Tutor erhielt. Aufgrund der geringen räumlichen Distanz zwischen Bremen und Oldenburg sahen wir uns in dieser Zeit öfter.
Als ich dann an die Universität Bielefeld ging und später an ein Forschungsinstitut in Köln, verloren wir uns etwas aus den Augen. Erst viele Jahre später, als ich mich entschlossen

hatte, zu promovieren, kamen wir wieder in Kontakt miteinander. Er wurde mein Betreuer und Doktorvater.

Was ich an ihm schätzte, waren eine Reihe von Tugenden,
die man heute nur noch selten findet: Er konnte aufmerksam zuhören. Diskutierte stets konstruktiv. Ermunterte. Gab
Hinweise, die einem weiterhalfen. Und vor allem: Er hatte
eine ausgezeichnete pädagogische und didaktische Kompetenz, die seinesgleichen suchte. Sie beruhte in erster Linie auf
seiner Fähigkeit, sich in andere hinein zu versetzen, Interesse an der Sache zu wecken und schwierige Zusammenhänge
verständlich darzulegen. Man fühlte sich bei ihm aufgeho-
ben und verstanden. Gespräche mit ihm waren angenehm,
lehrreich. Er ließ einen keine Abhängigkeit spüren; demons-
trierte keine Überlegenheit. Nahm einem die Angst in einer
Prüfungssituation. Kurzum: Er war wohl der beste Pädago-
ge, dem ich begegnet bin.

Rührend war für mich die Abschiedsfeier, die man an der
Universität Oldenburg für ihn ausrichtete. Viele seiner Weg-
genossen waren erschienen. Mehrere Redner würdigten seine
Verdienste – auf eine sehr persönliche, nahegehende Weise.
Auch einige unserer gemeinsamen Stationen wurden er-
wähnt. Mir wurde klar, dass mit ihm ein seltenes Exemplar
der Gattung Professor seinen Abschied nahm: einer, der
Lehrer und Freund für mich war und geblieben ist.

Blicke ich zurück, so frage ich mich, was meine drei Wegbereiter an Eigenschaften gemeinsam haben. Sie waren alle-
samt gute Lehrer. Darunter verstehe ich Persönlichkeiten,
die es vermögen, andere zu motivieren. Ihnen eine positive
Lebenseinstellung zu vermitteln. Ihnen das Maß an Anerkennung zuteil werden zu lassen, das jeder braucht, um eine
eigene Identität zu entwickeln. Sie verstanden es, sich auf
andere einzulassen. Ihre Sorgen und Nöte wahr- und ernst-

zunehmen. Ihnen behutsam Wege zu weisen. In schwierigen Situationen zu helfen.

Darüber hinaus aber waren es vor allem persönliche Eigenschaften wie Freundlichkeit, Hilfsbereitschaft, Geduld – aber auch eine gewisse Aura oder Ausstrahlung, die abfärbte und mir einfach gut taten. Man konnte sich an ihnen ein Vorbild nehmen.

Alle hatten selbst unkonventionelle Lebenswege absolviert. Man nahm ihnen ab, was sie vermittelten, vorlebten. Keiner von den Dreien war ein „reiner Theoretiker". Sie hielten den Kontakt zur Wirklichkeit, zum Leben außerhalb der Institutionen, in denen sie tätig waren. Kurzum: Es waren Lehrer und Freunde, wie man sie sich nur wünschen kann. Ich verdanke ihnen viel!

Ein Unzeitgemäßer

Dies ist der Bericht über einen ungewöhnlichen Menschen.

Heinz Langerhans wurde 1904 in Berlin-Köpenick geboren. Es geht das Gerücht um, dass der Bürgermeister im „Hauptmann von Köpenick" sein Vater war. Obwohl aus bürgerlichem Hause stammend, trat er 1922 spontan der „Kommunistischen Jugend" bei. Anlass war die gewaltsame Niederschlagung einer Arbeiter-Demonstration, deren Zeuge er war. Er empörte sich darüber.

Er studierte Architektur an der Technischen Hochschule Berlin und anschließend Sozialwissenschaft und Geschichte an der Berliner Universität. 1926 wurde er – gemeinsam mit der Gruppe um Karl Korsch – wegen „Linksabweichung" aus der KPD ausgeschlossen. 1927 immatrikulierte er sich an der Wirtschafts- und Sozialwissenschaftlichen Fakultät der Frankfurter Universität. 1931 promovierte er bei Max Horkheimer und Karl Mannheim über das Thema „Partei und Gewerkschaft". Anschließend kehrte er nach Berlin zurück und wurde Mitglied der SPD, für die er politisch aktiv arbeitete. 1933 wurde er von der Gestapo wegen „Bildung einer Widerstandsgruppe" verhaftet. Tatsache war, dass er zu einer Gruppe von acht bis zehn Leuten gehörte, die nicht vor Hitler kapitulieren wollte. Zu diesem Zweck gab man eine Zeitschrift namens „Die Initiative" heraus. Auflage ca. 2.000 Exemplare. Darin warnte die Gruppe bereits früh vor dem nächsten Krieg. Beim Druck der Zeitschrift in seiner Wohnung wurden sie auf frischer Tat ertappt. Sie waren verraten worden.

Langerhans wurde wegen Landesverrat angeklagt. Mit Hilfe einer List, bei der der im dänischen Exil lebende Karl Korsch half, gelang es nachzuweisen, dass alle militärischen

Daten, die in der Zeitschrift erwähnt wurden, bereits im Ausland veröffentlicht worden waren. Politische Freunde hatten zu diesem Zweck das gefälschte Exemplar einer gar nicht existierenden dänischen Zeitschrift gedruckt und nach Deutschland eingeschmuggelt, so dass der Verteidiger von Langerhans damit vor Gericht aufwarten konnte. Aus dem Landesverrat wurde nunmehr ein Hochverrat. Das hieß: es gab „nur" drei Jahre Zuchthaus. Nach seiner Entlassung stand jedoch – wie in solchen Fällen üblich – die Polizei vor dem Zuchthaus und verhaftete ihn erneut. Die Gestapo brachte ihn daraufhin ins KZ Sachsenhausen, wo er bis zum 20. April 1939 (Hitlers 50. Geburtstag) bleiben musste. Durch Zufall gehörte er zu den 2.000 politischen Häftlingen des KZs, die von einer Amnestie anlässlich des Geburtstages von Hitler profitierten. Da er in Deutschland ständig Gefahr lief, erneut verhaftet zu werden und als „Rückfalltäter" keinerlei Überlebenschancen besessen hätte, floh er mit falschem Pass nach Belgien. Geholfen haben ihm Fritz Pollock (ein Mitglied des Frankfurter Instituts für Sozialforschung) und Rudolf Hilferding (ehemaliger sozialdemokratischer Finanzminister der Weimarer Republik und Verfasser des Werkes „Das Finanzkapital"). Als schließlich die deutschen Truppen in Belgien einmarschierten, wurde Langerhans erneut interniert und nach Südfrankreich deportiert. Mitglieder des Frankfurter Instituts und Karl Korsch bemühten sich um ein Ausreisevisum in die USA. Wegen der scharfen Einreisebestimmungen gelang es Langerhans nur über Umwege, in die USA zu kommen. Von Marseille aus gelangte er mit einem Schiff zunächst nach Martinique. In seiner Reisebegleitung befanden sich interessante Leute: Victor Serge, ein führender Trotzkist; Anna Seghers, die deutsche Dichterin und André Breton, der französische Surrealist. Während der Schiffsreise habe Breton mit ihnen „surrealistische Fragespiele" veranstaltet, erzählte uns Langerhans.

1941 kam Langerhans endlich in New York an – empfangen von einem gewissen Dr. Felix Weil, der das Institut für Sozialforschung gegründet und finanziert hatte. Langerhans ging nach Boston, wo Korsch lebte. Belegte Kurse an der Harvard Universität und bekam schließlich eine Professur am Gettysburg College.

1956 kehrte er nach Deutschland zurück. Bis 1959 war er an der Universität Saarbrücken tätig (gemeinsam mit Ralf Dahrendorf teilte er sich ein Arbeitszimmer); dann folgte eine Gastprofessur in Ostpakistan (Dacca) und 1963 kam er von dort nach Saarbrücken. Schließlich erhielt er 1966 einen Lehrstuhl für Politische Wissenschaften an der Universität Gießen, den er bis zu seiner Emeritierung 1972 innehatte.

Aus dieser Zeit stammt unsere Bekanntschaft. Das letzte Seminar, das Langerhans in Gießen veranstaltete, galt seinem Lehrer und Freund Karl Korsch. Anders als in der bundesrepublikanischen Rezeption Korschs üblich, sah Langerhans in Korsch weniger den politischen Philosophen, als vielmehr den Aktivisten, dem es um die theoretische Klärung der Voraussetzungen politischer Praxis ging. Dieses Seminar, an dem auch Auswärtige teilnahmen (wie etwa Michael Buckmiller, ein anerkannter Korsch-Spezialist), gehörte zu den interessantesten Seminaren, die ich erlebt habe.

Mir wurde u.a. klar, dass für die Generation, zu der Langerhans gehörte, die Klärung theoretischer Positionen nie Selbstzweck war. Ja – dass das Ringen um die „richtige Theorie" für sie buchstäblich eine Frage auf „Leben oder Tod" bedeutete. Eine derartige Ernsthaftigkeit, ja Besessenheit im Umgang mit Theorie hatte ich bis dato noch nicht erlebt. In unserer Studentengeneration konnte man im Gegenteil oft den Eindruck gewinnen, dass für viele das Theoretisieren nur Spielerei gewesen ist.

Nachdem Langerhans emeritiert wurde, gab er eine große Abschiedsparty, zu der Kollegen und einige Studenten eingeladen waren. Meine Frau und ich gehörten zu den Glücklichen. Wir kannten ihn damals noch nicht näher; hatten uns lediglich das ein oder andere Mal in der Kneipe getroffen. Anlässlich eines solchen Treffens, bei dem viel diskutiert und getrunken wurde, meinte er anerkennend zu meiner Frau: „Donnerwetter Mädchen, Du hältst ja mit". Er bewunderte ihre Trinkfestigkeit.

Langerhans siedelte nach seiner Emeritierung nach Frankfurt/M. über und bezog im Westend, dort, wo er als Student schon einmal gelebt hatte, eine kleine Wohnung. Ein verhängnisvoller Fehler, wie sich zeigen sollte. Seine Vorstellung, er könne gewissermaßen noch einmal an die 20er Jahre anschließen und alte Bekanntschaften aktivieren, erwies sich als Fehlschluss. Er versuchte, in der dortigen SPD Kontakte zu finden, was sich aber als sehr schwierig erwies. So weit wir das mitbekamen, hatte er wenige politische Freunde. Ein späterer SPD-Bildungsminister gehörte dazu und eine Freundin, die sich gelegentlich um ihn kümmerte. Er war jedoch zunehmend isoliert und vereinsamte schließlich immer mehr.

Wir versuchten mit einigen Freunden – so gut es ging – Kontakt zu halten. Luden ihn nach Gießen und Bremen ein. Besuchten ihn in Frankfurt. Aber es entging uns nicht, dass er ziemlich verwahrloste. Und das führte wiederum dazu, dass er kaum noch Gäste hatte oder selbst eingeladen wurde. In seiner Einsamkeit verzweifelte er schier. Er war auf die Kommunikation mit Menschen angewiesen wie kaum jemand sonst. Wie er selbst hin und wieder äußerte, habe er sein ganzes Leben lang nichts anderes getan. Das sagte er, wenn man ihn fragte, wie er es schaffe, tage- und nächtelang zu diskutieren, dabei zu trinken und seine Virginia nicht ausgehen zu lassen.

Was haben wir von ihm gelernt? Zunächst einen völlig un-verkrampften Umgang mit Theorie. Langerhans konnte die schwierigsten Zusammenhänge einfach und klar formulie-ren. Während man sich an der Universität in den Seminaren zunehmend nebulös ausdrückte und man den Eindruck ge-wann, „je abstrakter desto besser", sprach er stets so, dass man ihn verstand. Oder er forderte uns auf, zu fragen, wenn wir etwas nicht verstanden hatten. Dann erklärte er geduldig.

Ich erinnere mich an eine Charakterisierung des Lu-kács'schen Denkens durch Langerhans. Wir bemühten uns, ihm darzulegen, wie wir Lukács' Theorie des Klassenbe-wusstseins verstanden hatten. Was konstituiert ein solches Klassenbewusstsein? Wir fanden Lukács' Erklärung defizitär, da dieser die Voraussetzung von Klassenbewusstsein nur im „Konjunktiv" geklärt hatte (Klassenbewusstsein wäre, wenn ...) – sich der eigentlichen Problematik entzog. Langerhans hörte sich das alles geduldig an, um dann lapidar zu antwor-ten: „Nun, dem Lukács passt halt die Wirklichkeit nicht". Das war sein ganzer und abschließender Kommentar zur Problematik, über die wir uns so sehr erregt hatten.

Nur wenn es um politische Zusammenhänge ging und man nicht seiner Meinung war, konnte er heftig werden. Dann kannte er keine Freunde mehr. Zu tief saßen noch die Er-fahrungen und Entbehrungen, die er auf sich genommen hatte. Das hatten wir zu akzeptieren.

Langerhans lehrte uns, nicht zu viel Respekt vor den großen Denkern zu haben. Beispielsweise vor Adorno. Anlässlich der Lektüre von Bert Brechts „Tui-Roman"-Fragment frag-ten wir ihn nach seinen Erfahrungen mit den führenden Leuten des Frankfurter Instituts für Sozialforschung. (Brecht hatte bekanntlich u.a. Figuren des Instituts zum „Vorbild" für seinen Roman genommen).

Daraufhin nannte Langerhans Th. W. Adorno, vor dem wir eine enorme Hochachtung hatten, einen „gnadenlosen Propheten", einen „Denker ohne Leib". Wir glaubten, nicht recht zu hören. Er begründete dies so: Adorno sorge sich „im Zeitalter der Gleichmacherei" infolge des Faschismus und Bolschewismus vor allem um den Fortbestand der Kultur. Ob man Beethoven nach dieser Zeit noch genauso hören könne wie vorher. Ob man nach Auschwitz noch Gedichte schreibe könne – das seien die Fragen, die Adorno bewegt hätten. Nicht so sehr das Schicksal der Arbeiterbewegung. Mit dem „gnadenlosen Propheten" meine er, dass Adorno nur die Alternative „Brave New World" oder „1984" gelten ließ. Seine „Dialektik der Aufklärung" könne den „Fortschritt nur als ständigen Rückschritt" fassen. Für den politischen Denker Langerhans war dies eine nicht akzeptable Theorie. Damit ließe sich auf Dauer nicht weiterleben.

Langerhans kannte die führenden Leute des Instituts aus eigenem Erleben. Gemeinsam mit Walter Benjamin u.a. wurde er in den 20er Jahren zu Hilfsarbeiten angestellt. Nicht ohne Ironie erzählte er, dass das Institut zeitweilig eine Art „Zensurinstanz" für linke Theorie dargestellt habe. U.a. seien Teile der alten Marx-Engels-Gesamtausgabe dort subskribiert worden. Das Institut sei also eine Art „Abteilung der Moskauer Zentrale für den Marx-Nachlaß" gewesen.

Während Langerhans in Max Horkheimer eine Art „gütigen Hausvater" sah, hielt sich seine Bewunderung für Adorno in Grenzen. Amüsiert erzählte er eine Anekdote aus den 1950er Jahren, als er nach seiner Rückkehr aus den USA dem Institut einen Besuch abstatte. Adorno hielt ein Seminar, in dem es u.a. um das Verhältnis von „Mathematik und Gesellschaft" gehen sollte. Adorno habe immer „steiler" diskutiert, woraufhin ein gewisser Bettelheim die Frage gestellt habe, wer von den Anwesenden überhaupt noch etwas verstehe. Keiner der Anwesenden habe sich gemeldet. Adorno sei der Verzweiflung nahe gewesen. Da habe sich die Tür geöffnet und Horkheimer sei hereingekommen. Adorno habe diesen um Hilfe angefleht, aber auch der sei einigermaßen ratlos gewesen. Schließlich habe Horkheimer beide Arme gehoben und gemeint: „Nun ja, hier können wir es sagen".

Kommentar von Langerhans: Das Institut als „Insel der Wahrheit" in einer immer verruchter werdenden Gesellschaft und die „Wahrheit als *Es* mystifiziert".

In diesem Zusammenhang berichtete er von der Institutsfeier zum fünfzigjährigen Bestehen des Instituts. Dazu sei er als einer der Ehrengäste eingeladen worden. Vorträge habe es gegeben u.a. von Alfred Schmidt und Oskar Negt, die ihre „Altvorderen" geehrt hätten. Höhepunkt sei allerdings der Auftritt von Herbert Marcuse gewesen, der von den Studenten begeistert gefeiert wurde. Als Marcuse am Ende seines Vortrags die Faust erhob, sei Horkheimer (angesichts der anwesenden Ehrengäste aus Politik, Wissenschaft und Kultur) buchstäblich erbleicht.

Zu den Höhepunkten eines Besuchs von Langerhans gehörten stets die Diskussionen über Brecht. Langerhans kannte ihn schon aus der Zeit der Weimarer Republik, als sie gemeinsam an Korsch-Seminaren teilgenommen hatten. Brecht habe endlich wissen wollen, was es mit der „Dialektik" auf sich habe.

Beide – Brecht und Langerhans – sahen in Korsch ihren „Lehrer". Langerhans hat Korsch ein wunderbares Gedicht gewidmet, das wir später in einer Gedichtsammlung mit dem Titel: „Sprecher in den Wind" gefunden haben. Auch Brecht hat sich über sein Verhältnis zu Korsch geäußert.[3]

Langerhans besuchte Brecht während der Zeit der Emigration in New York. Brecht habe lässig auf dem Bett gelegen und sich Langerhans' politische Vorstellungen über die Nach-Hitler-Zeit angehört. Auf die Frage an Brecht, welche Vorstellungen er denn habe, antwortete Brecht nur lapidar: Theater am Schiffbauerdamm. Zur Enttäuschung von Langerhans habe Brecht vor allem an sein Theater gedacht, das er einige Jahre später dann tatsächlich auch bekommen habe. Zu den Höhepunkten unserer Zusammenkünfte gehörte stets, wenn Langerhans einen Gedichtband von Brecht nahm, eines seiner Lieblingsgedichte vorlas und die Brechtsche Sprache analysierte. Besonders beeindruckend: das Gedicht *Legende von der Entstehung des Buches Taoteking auf dem Weg des Laotse in die Emigration*. Da las jemand, der wusste, was es bedeutete, in die Emigration gehen zu müssen. Nie werde ich den unpathetischen Ton vergessen, in dem Langerhans das Gedicht vortrug. Nahezu tonlos, aber umso beeindruckender.

Theoretisch interessierte Langerhans an Brecht vor allem dessen „Formalismus". Darüber haben wir viel diskutiert, ohne dass mir je klar wurde, was genau Langerhans darunter verstanden hat. Dass es Brecht vor allem um die Formgestaltung gegangen sei. Dass er im Unterschied zu Lukács keinem „abstrakten, vom historischen und gesellschaftlichen Kontext losgelösten Formbegriff" gehuldigt hat. Aber andrerseits war Brecht in der Anwendung „historisch überholte Formen" (etwa des antiken Theaters) keineswegs zurückhal-

---

[3] Vgl. Bertolt Brecht, Über meinen Lehrer, in: Gesammelte Werke Bd. 20, Ffm. 1967, S. 65 f.; Heinz Langerhans, Der Lehrer, in: Michael Buckmiller (Hrsg.): Zur Aktualität von Karl Korsch, Ffm. 1981, 150 – 156.
Brecht teilte im übrigen mit Langerhans eine gewisse Zurückhaltung gegenüber dem Frankfurter Institut. Während einer Diskussion in der Emigration, als es einmal wieder um die künftige Funktion der „Kultur" ging, habe Brecht Horkheimer sogar einen „Esel" genannt.

tend. Er benutzte so ziemlich alles, was einer inhaltlichen Aussage dienlich sein konnte. Kurzum: Wir haben über diese Fragen viel gestritten, ohne jemals übereinzukommen. Das ging so weit, dass eine Diskussion in einem Frankfurter Lokal, an der sich vor allem meine Frau und eine gemeinsame Freundin beteiligten, wegen der damit verbundenen Lautstärke mit einem Rausschmiss endete.

Gern erinnere ich mich an Besuche von Langerhans. Immer häufiger kam es vor, dass Doktoranden auf ihn als „lebender Quelle" stießen oder ihn für ihre Examina anforderten. Anlässlich solcher Termine kam er dann vorbei und verbrachte einige Tage bei uns. Während der Diskussionen, die buchstäblich Tag und Nacht stattfanden, lebte er auf, war wieder der Alte. Jedenfalls scheinbar.

Insgesamt merkte man ihm jedoch den langsamen Verfall an. Das Gedächtnis setzte aus. Er wurde dann aufbrausend, ja aggressiv. War in Wirklichkeit verzweifelt, wegen seiner Lebenssituation.
So kam es, wie es kommen musste. Als wir ihn im September 1975 in Frankfurt besuchen wollten, trafen wir ihn nicht mehr an. Eine Nachbarin berichtete uns, er sei in eine Klinik gebracht worden. Wir fanden ihn in der geschlossenen Abteilung der Psychiatrie wieder. Er hinter Gittern, wir davor. Eine absurde Situation. Flehentlich bat er uns, ihn rauszuholen. Wir konnten jedoch nichts machen. Man ließ ihn nicht, man ließ uns nicht. Auch anderen Freunden gelang es nicht.
Später hörten wir, dass er schließlich die Nahrung verweigert hat und buchstäblich verhungert ist. Er, der Zuchthaus und KZ überlebt hatte, musste derart erbärmlich enden. Es war nicht zu fassen.

Als letzte Eintragung über ihn finde ich in meinen Notizen vom Mai 1976: „Heinz Langerhans ist tot. Keiner kann ermessen, was uns dieser Verlust bedeutet. Er war unser Freund, Genosse, Lehrer.

Ein Brief von Petra ins Bad Homburger Krankenhaus erreicht ihn nicht mehr. Seit unserem letzten Besuch, als wir ihn in der geschlossenen Abteilung wiederfanden, hatten wir mit dem Schlimmsten gerechnet. Aber jetzt kommt uns sein Tod völlig absurd vor. Aber schlimmer als seine totale Vereinsamung kann auch der Tod nicht sein. Er, der von den Beziehungen zu anderen lebte, die Kommunikation als Lebenselixier benötigte, erfuhr allzu schmerzlich, was es heißt, ‚aus dem Geschäft' zu sein, nicht mehr gebraucht zu werden.

Wir haben gehört, dass einige Leute aus seinem Bekanntenkreis eine Totenfeier für ihn inszeniert haben. Wir sind ihr fern geblieben, weil wir der Meinung waren, jetzt braucht man sich auch nicht mehr um ihn zu kümmern. Und mit anzusehen, wie sich Leute mit seinem Namen schmücken und selbst darstellen, das wollten wir auch nicht."

Damit enden meine Aufzeichnungen über einen ungewöhnlichen Menschen, der uns den „aufrechten Gang" lehrte. Er hat uns viel gegeben. Wir lernten ihn auf eine Weise kennen, für die wir dankbar sind. Immer wieder musste ich in den folgenden Jahren an unseren Freund denken. In schwierigen Konfliktsituationen. Angesichts ungelöster Probleme. Immer eingedenk dessen, dass er viel schwierigere Zeiten erlebt und überstanden hat. Gezeichnet zwar, aber ungebrochen. Daran haben wir uns stets ein Beispiel genommen. Und das ist es wohl auch, was er an uns weitergeben wollte.

Ungewöhnliche Begegnungen

Ein kluger Autodidakt

Während meiner Berufstätigkeit als Sozialwissenschaftler in einem Forschungsinstitut habe ich eine Vielzahl interessanter Menschen kennen gelernt. Vor allem dadurch, dass ich immer wieder den Kontakt zur betrieblichen Praxis gesucht habe. Mir ging es darum, den Schatz an Kenntnissen und Wissen zu heben, der sich im betrieblichen Alltag der Menschen vor Ort angesammelt hat. Diesen theoretisch zu bearbeiten und die Ergebnisse dann an die Adressaten zurückzugeben – darin sah ich im Wesentlichen mein persönliches Forschungsinteresse.

Um überhaupt in die Betriebe zu gelangen, musste man vorher Kontakte aufnehmen. Meist zur örtlichen Gewerkschaft. Aber auch zur jeweiligen Unternehmensleitung und zum Betriebsrat. Es galt, ihnen das jeweilige Forschungsvorhaben verständlich darzustellen und – wenn möglich – den Erkenntnisgewinn für sie zu skizzieren. Das war nicht immer einfach. Ja, es gehörte sogar zum Schwierigsten in diesem Geschäft.

Von einer dieser Begegnungen soll hier die Rede sein. Ich musste beim damaligen Ersten Bevollmächtigten der IG Metall in Göttingen, Hermann Kantelhardt, vorsprechen. Unser vom Bundesministerium für Bildung finanziertes Projekt, das sich die Aufgabe stellte, Arbeitnehmerinteressen stärker in die Hochschulforschung einzubringen, befand sich noch in den Anfängen. Als ich mit dem Kollegen den ersten Kontakt aufnahm, hatte ich buchstäblich noch nichts zu bieten. Außer vagen Andeutungen und Versprechungen.

Entsprechend misstrauisch nahm mich Kantelhardt auf. Ich sehe ihn noch heute hinter seinem Schreibtisch sitzen. Die dunkle Hornbrille auf; keine Miene verziehend. Ich nahm vor Aufregung nicht wahr, ob er mir überhaupt zuhörte oder seinen eigenen Gedanken nachhing. Ich erwähnte beiläufig, dass ich seit langem Gewerkschaftsmitglied war; selbst Jugendvertreter gewesen bin und wie sehr mir das Forschungsanliegen am Herzen lag. All das machte nur wenig Eindruck auf ihn. Dann erwähnte ich meine Studien- und Interessengebiete: Staats- und Gesellschaftstheorie; Faschismustheorie; Geschichte der Arbeiterbewegung. Zu Letzterem hielt ich Seminare im Rahmen der gewerkschaftlichen Bildungsarbeit der IG Metall ab. Bei wem, wollte er wissen. Ich nannte den Namen Walter Malzkorn, damals IG Metall-Bevollmächtigter in Köln. Zum erstenmal glaubte ich so etwas wie eine Reaktion bei ihm zu bemerken. Dann fragte er mich nach meinen Lieblingsautoren. U.a. nannte ich den Namen Bertolt Brecht. Darauf hin schien er Feuer gefangen zu haben.

Er begann zu erzählen. Wie er in der Gefangenschaft unter Anleitung eines mitgefangenen politischen Mentors begonnen habe zu lesen. Alles, was er habe in die Finger bekommen können. Wie er dann später sein autodidaktisches Studium fortgesetzt hat. Dass er als Betriebsratsvorsitzender eines kleinen Betriebes eine Bibliothek für die Arbeiter eingerichtet und diese stets zum Lesen angehalten habe.

Wir kamen schließlich auf Brecht zurück. Ob mir klar sei, dass Brecht mit seiner Sprache nicht an die Klassiker Goethe und Schiller anknüpfe, sondern an Luther und dessen Diktum, dem Volk aufs Maul zu schauen. Ich staunte nicht schlecht. Dieser einfache Mann verfügte über ein Wissen, das mich schier verblüffte. Ich hatte kurz vorher eine Abhandlung über die Sprache Brechts gelesen. Und dieser Mann berichtete aus eigener Überlegung und Erfahrung genau das, was ich da gelesen hatte. Wir gerieten in eine ausführliche Brecht-Debatte. Sagten uns Bruchstücke von Brecht-Texten vor. Begeisterten uns an Formulierungen. Vergaßen das ganze Forschungsvorhaben, aber auch die Zeit. So ging das über mehrere Stunden.

Dann folgte eine Diskussion über die Faschismus-Theorie Thalheimers. Was ich davon hielte, wollte er wissen. Ich sagte ihm wahrheitsgemäß, dass ich dessen Theorie als eine der wenigen ansehe, die den Klassencharakter der faschistischen Bewegung am klarsten gesehen und herausgearbeitet hatten. Im Unterschied zur offiziellen Faschismusdebatte in den alten Arbeiterparteien SPD und KPD.

Mir kam in der Tat zugute – war es Zufall oder stellt sich der Zufall nur dann ein, wenn ihm dazu Gelegenheit gegeben ist? – dass ich im Rahmen eines Faschismus-Seminars in Gießen Thalheimer gelesen und darüber ein Referat angefertigt hatte, so dass ich mich einigermaßen auskannte.

Er kam aus einer ganz anderen Richtung zu Thalheimer. Sein politischer Mentor in der Gefangenschaft gehörte der Thalheimer-Gruppe an, die Ende der zwanziger Jahre aus der KPD ausgeschlossen worden war: wegen Rechtsabweichung. Zu dieser Gruppe gehörte auch Wolfgang Abendroth, den ich in Marburg noch in seiner Abschiedsvorlesung gehört hatte. Ein Wort ergab das andere und am Ende unseres Gesprächs war klar, dass es zwischen uns eine intensive Kooperation geben würde. Nicht nur im Rahmen des Forschungsprojekts; sondern viele Jahre lang auch weit darüber hinaus.

Für mich war diese Bekanntschaft insofern von großem Gewinn, als Hermann Kantelhardt einer der wenigen Praktiker war, die regelmäßig soziologische Forschungsberichte lasen. Er war in der Lage, diese Berichte zu kommentieren und meistens auch zu kritisieren. Aus der Sicht seiner praktischen Erfahrungen heraus. Ich habe viel von ihm gelernt. Vor allem habe ich von ihm gelernt, dass eine derartige Forschung nicht vom grünen Tisch aus betrieben werden kann. Dass es notwendig ist, das Praxiswissen der Leute vor Ort zu berücksichtigen. Mit ihnen zu diskutieren. Ihnen das Wissen abzuverlangen. Die eigenen Überlegungen und Resultate mit ihnen zu diskutieren.

Wir lernten uns mit der Zeit auch privat besser kennen. War ich in Göttingen, übernachtete ich einige Male in seinem Haus. Wir diskutierten halbe Nächte hindurch, wobei ich ihm meistens zuhörte. Ich staunte immer wieder über das Wissen dieses Mannes, das er sich schließlich neben und nach der anstrengenden Arbeit aneignen musste. Ihm gehörte mein Respekt, da vieles von dem, was er wusste, durch eigene Erfahrungen ergänzt und untermauert wurde.

Als er schließlich – altersbedingt – aus seiner Funktion ausschied, versammelte sich eine große Anzahl ehemaliger Freunde und Kollegen aus Betrieben und Wissenschaft, um ihm eine ihm gewidmete Festschrift zu überreichen. Wir hatten sie ohne sein Wissen fertiggestellt. Ihr Titel: „Ohne Utopien kann der Mensch nicht leben".

Das war einer der Kernsätze, die Kantelhardt in seinen Reden gern verwendete. Er vertrat die These, dass die Arbeiterbewegung nur dann überleben kann, wenn sie eigene Ziele und Visionen zu formulieren in der Lage ist, die über den Tag hinausweisen. So wichtig es sei, für höhere Löhne und bessere Arbeitsbedingungen zu kämpfen. Ebenso wichtig sei es, gesellschaftliche Vorstellungen eines besseren Lebens zu formulieren. In diesem Sinne wollte er das Zitat verstanden wissen. Daran glaubte er fest. Und entsprechend gerührt war er, als ihm die Festschrift im Beisein der Autoren überreicht wurde. Er war schier sprachlos.

Nach dieser Veranstaltung zog sich Kantelhardt ins Private zurück. Wir verloren uns allmählich aus den Augen. Aber die Erinnerung an ihn bleibt.

Ein Funktionär und Humanist

Anfang der siebziger Jahre lernte ich ihn kennen. Ich wurde als Studentenvertreter in das Kuratorium der damaligen „Stiftung Mitbestimmung" gewählt. Hier machte ich die Bekanntschaft von Werner Vitt, dem damaligen Zweiten Vorsitzenden der Gewerkschaft IG Chemie-Papier-Keramik.

In der Folgezeit habe ich Vitt auf vielen Konferenzen, Seminaren, Gremiensitzungen usw. beobachten können. Ich habe ihn stets konstruktiv und fair erlebt. Er gehörte nicht zu der Sorte von Funktionären, die den mächtigen Boss herauskehrten. Er war stets wach, interessiert, lern- und hilfsbereit. Konnte zuhören. Diskutierte wohlwollend. Ermunternd. War belesen und entsprechend kompetent.

Zu den nachdrücklichsten Erlebnissen mit ihm gehört eine Begegnung am Rande einer hochkarätig besetzten Tagung. Ich war aus irgendeinem Grunde nervös und konnte frühmorgens nicht mehr schlafen. Es mag so gegen fünf Uhr früh gewesen sein. Ich zog mich an und wollte noch etwas Luft schnappen.
Zu meiner Überraschung traf ich Werner Vitt an, der auch schon auf den Beinen war. Ich fragte ihn, was er denn so früh schon mache. Er antwortete freundlich: „Irgendwann muss ich ja doch lesen". Erst jetzt bemerkte ich, das er ein Buch in den Händen hielt. Einen Band der Edition Suhrkamp. Dieser hochbeschäftigte Funktionär las also noch Bücher. Und das am frühen Morgen. Ich war beeindruckt.

Er war für mich einer der Kollegen, die das „Prinzip Solidarität" lebten. Man konnte ihm seine Anliegen vortragen und wann immer er konnte, half er. Als wir Studenten der Stiftung 1973 nach dem Militärputsch in Chile vorschlugen, einen Solidaritätsfonds für verfolgte chilenische Gewerkschafter, Künstler und Wissenschaftler einzurichten, gehörte Werner Vitt von Beginn an zu den Hauptakteuren. Es war möglich, Verfolgte des Pinochet-Regimes aus dem Land zu holen, wenn man diesen die Überfahrt finanzierte und ihnen einen Arbeitsplatz in Deutschland anbieten konnte.

In einer Gemeinschaftsaktion vieler beteiligter Organisationen gelang es, diesen Solidaritätsfonds auf die Beine zu stellen. Wir Studenten steuerten ein Prozent unseres monatlichen Stipendiums bei. Der DGB gab einige Tausend DM dazu; ebenso die IG Metall. Die Arbeitsdirektoren großer Unternehmen sorgten für die notwendigen Arbeitsangebote. Und Werner Vitt, der damals u.a. dem SPD-Parteivorstand angehörte, stellte die Kontakte zu Ministerien und offiziellen Stellen her. War es wieder einmal gelungen, einige Flüchtlinge herüberzuholen, rief er meist schon frühmorgens bei mir an und tat die frohe Nachricht kund.

Es war ein herrliches Gefühl für mich als Studenten, an etwas Praktischem und politisch Bedeutsamen mitzuwirken. Und dabei mit Menschen wie Werner Vitt zusammen arbeiten zu dürfen.

Er hat mir später noch oft mit Rat und Tat geholfen. Interessierte sich für mein berufliches Fortkommen. Kam uns im Institut besuchen, wenn er in der Nähe war. Diskutierte mit uns. Fragte nach neuen Forschungsergebnissen zu Themen, mit denen er zu tun hatte. Berichtete von seinem kirchlichen Engagement. War immer offen für alles, was die Gesellschaft humaner machen könnte.

Kurzum: er war ein Funktionär, der stets „Mensch geblieben" ist. Dazu eine kleine, für ihn typische Anekdote: Als hochkarätiger Funktionär hatte er einen eigenen Dienstwagen mit Fahrer. Nicht nur löste er sich auf langen Dienstfahrten mit dem Fahrer ab, damit dieser sich etwas ausruhen konnte. Ich habe einige Male erlebt, dass das Erste, wonach sich Werner Vitt erkundigte, wenn er an einem Tagungsort ankam, wie sein Fahrer untergebracht sei. Ob für dessen Verpflegung gesorgt sei.

Das sagt m.E. mehr als viele große Worte und Gesten. In den üblichen Funktionärskreisen seiner Gewerkschaft wurde er mehr belächelt als ernstgenommen. Hier hatte längst ein Funktionärstyp die Oberhand gewonnen, der eher an der eigenen Karriere als an der Sache interessiert war. Aber Vitt war noch ein Funktionär der ersten Stunde, der den Aufbau der Gewerkschaften nach dem Krieg miterlebt hatte und noch wusste, was nackte Not bedeutet. Er war in jeder Hinsicht ein Vorbild.

Der Betriebsratsfürst und sein Fahrer

Ich habe im Laufe von nahezu drei Jahrzehnten, in denen ich in der Sozialforschung tätig war, viele Dutzend Betriebsräte interviewt und oft über Jahre mit ihnen Kontakt gehalten. Meine Bekanntschaft mit Karl Feuerstein, dem damaligen Gesamtbetriebsratsvorsitzenden von Daimler-Chrysler, begann recht unkonventionell.

Ein halbes Jahr lang hatte ich mich bemüht, einen Termin für ein Interview mit ihm zu bekommen. Immer kam etwas dazwischen. Mal musste er plötzlich nach Südafrika; dann war er in Brasilien; war er in Deutschland, wurde er mit Terminen und Sitzungen regelrecht zugeschüttet. Es war unmöglich, an ihn heranzukommen.

Da hatte einer seiner Mitarbeiter eine zündende Idee: Ich solle ihn doch bei einem Termin begleiten. Ihn einfach vor Ort abholen und gemeinsam mit ihm in seinem Dienstwagen zurück zur Zentrale fahren. So geschah es. Feuerstein hatte eine Sitzung mit dem Mercedes-Vorstand auf dem berühmten „Lämmerbuckel" auf der Schwäbischen Alb – einem

Tagungsort des Konzerns. Die Veranstaltung ging über mehrere Tage. Ich verständigte mich mit dem Fahrer von Feuerstein, dass dieser mich in Mannheim, dem Wohnort Feuersteins, am Bahnhof abholen sollte. Dann würden wir gemeinsam zum Tagungsort fahren, und auf der Rückfahrt könnte ich ca. zwei Stunden mit Feuerstein reden. Das war mehr, als ich je zu hoffen gewagt hatte.

Der Fahrer holte mich am Hauptbahnhof Mannheim ab. Da wir uns nicht kannten, machten wir als Erkennungszeichen aus, dass er eine Werkszeitung hochhalten solle. Es klappte. Schon auf der Hinfahrt zum „Lämmerbuckel" kamen wir ins Gespräch. Ein interessantes Gespräch. Ich erfuhr eine Menge über meinen Interviewpartner, so dass ich mich auf diesen gut einstellen konnte. Aber ich staunte auch über die Kompetenz des Fahrers. Als wir vor Ort angekommen waren – die Sitzung dauerte noch an – unterhielten sich mehrere Fahrer über die beabsichtigte Strategie des Konzern, ins Kleinwagengeschäft (Smart) einzusteigen.

Übereinstimmend waren die Fahrer der Meinung, dieser Einstieg passe nicht ins Image des Unternehmens (eine Einsicht, die dem Vorstand offenbar erst nach vielen Jahren dämmerte, als bereits einige Milliarden verpulvert waren). Die Fahrer waren sich in ihrer Einschätzung ganz sicher gewesen.

Feuerstein kam schließlich völlig erschöpft aus seiner Sitzung mit dem Vorstand. Auch wirkte er etwas niedergeschlagen. Nachdem er für einige Minuten die Augen geschlossen hatte, um sich zu sammeln, berichtete er. Welch Graus es für ihn sei, mit bestimmten Managertypen zu verhandeln. Im Vorstand würden immer häufiger Leute auftauchen, denen das Unternehmen und die Beschäftigten völlig schnurz seien. Die nur ihre Karriere im Sinn hätten. Denen es egal sei, ob sie Schuhe oder Autos produzierten. Sich mit diesen Leuten über soziale Belange der Belegschaft zu verständigen, sei kaum möglich. Die hätten nur ihre betriebswirtschaftlichen Kennzahlen und Statistiken im Kopf.

Es war klar: Dieser Mann musste erst einmal seinen Frust loswerden, bevor ich mit meinem Anliegen kommen konnte. Nach einiger Zeit war es dann so weit. Ich konnte ihn detailliert nach Vorgängen im Unternehmen fragen, über die nur er Bescheid wusste. Er antwortete mir offen und ausführlich auf jede meiner Fragen. Natürlich merkte man ihm an, dass er es gewohnt war, Interviews zu geben. Erst Tage zuvor hatte ich ihn im Fernsehen erlebt. Gleichwohl imponierte es mir, wie präzise und gleichzeitig lebendig er zu antworten verstand.

Als ich ihn schließlich fragte, wie es um die Unternehmenskultur bei Daimler-Chrysler stehe, überlegte er lange. Erzählte dann, wie viel Vertrauen zerstört worden war, als der oberste Chef Schrempp sich zum Vorreiter der Arbeitgeber für die Abschaffung der Lohnfortzahlung im Krankheitsfall für Arbeiter gemacht hatte. Das er ihn davor gewarnt habe. Der Imageverlust für das Unternehmen sei enorm gewesen. Der wirtschaftliche Schaden ebenso. Schätzungsweise 250 Millionen durch den spontanen Streik der Arbeiter, die ihre Errungenschaft verteidigt hätten. Zu recht, wie er meinte. Der Vorstand haben den symbolischen Charakter der Lohnfortzahlung nicht begriffen. Dass diese im längsten Streik der Nachkriegsgeschichte erkämpft worden war. Die Gleichstellung mit den Angestellten sei nicht nur ein materieller Wert, sondern eine Frage der Gerechtigkeit. Und dafür hätten die Oberen keinen Sinn gehabt seinerzeit. Er fürchte, auch in Zukunft immer weniger.

Schließlich kam er auf die Frage nach der Unternehmenskultur zurück. Und machte dann etwas Ungewöhnliches – er gab die Frage an seinen Fahrer weiter: „Franz, was ist Unternehmenskultur?" Dieser antwortete ohne lange zu überlegen: „Wenn die Menschen gut behandelt werden". Feuerstein zu mir: „Da hast Du Deine Antwort. Mehr braucht man dazu nicht zu sagen."

Es war eines der erfreulichsten Interviews, das ich geführt habe. Bedenkt man, dass Feuerstein zu diesem Zeitpunkt bereits schwer krebskrank war, ist es umso erstaunlicher, mit welchem Engagement er sich für die Belange der Beschäftigten einsetzte. Hier war jemand am Werk, der mit Leib und Seele am Unternehmen und seiner Aufgabe hing.

Als er einige Monate später starb, war mir klar, dass mit Karl Feuerstein eine der letzten großen Persönlichkeiten unter den sogenannten Betriebsratsfürsten gegangen war. Im Unterschied zu einigen Vertretern von heute eine Respektsperson, die Anerkennung verdient. Ich bin froh, ihn noch kennen gelernt zu haben.

Miteinander reden

In dem wunderbaren Filmkunstwerk „Sprich mit ihr" (im Original: Hable con ella) von Pedro Almodóvar rät ein Krankenpfleger einem Besucher, mit seiner im Koma liegenden Freundin zu reden. Auf dessen verständnislosen Blick hin berichtet er ihm, dass er es seit Jahren schon mit einer ebenfalls im Koma liegenden Patientin so hält. Er liebe und pflege sie, und selbstverständlich unterhalte er sich täglich mit ihr.

Das gleichnishafte Moment dieser Botschaft dürfte darin zu sehen sein, dass Kommunikation in der Tat so etwas wie der Rohstoff allen sozialen Lebens ist. In Kunst und Kultur, in der Musik, in der Wirtschaft, und im Privaten sowieso – immer kommt der Bedeutung der Kommunikation ein herausragender Stellenwert zu.

Kommunikationen müssen nicht immer direkt und zeitgleich stattfinden. Künstler etwa kommunizieren, indem sie sich mit Werken aus früheren Epochen, auf die sie sich berufen, zur Kenntnis nehmen. Oder sich mit denen ihrer Zeitgenossen auseinander setzen. In der Wirtschaft verlaufen Kommunikationen oft hierarchisch. Hier dienen sie häufig der Herrschaftssicherung: Informationen zu besitzen und für sich zu bewahren, kann Vorteile verschaffen. Ebenso die verzögerte oder verkürzte Weitergabe von Informationen. Oder auch die spezifische Auswahl der Adressaten. All das können Mittel sein, die eigene Position zu stärken. Dem Unternehmen selbst wird damit selten gedient.

Wie oft habe ich während betrieblicher Recherchen während meiner beruflichen Tätigkeit die Klage von Mitarbeitern gehört, sie seien nicht oder nicht hinreichend informiert.

Wie oft war diese Klage berechtigt oder diente auch nur der Entschuldigung für das eigene Fehlverhalten.

Wie oft führt die Geheimniskrämerei in Unternehmen zu gegenseitigem Misstrauen und überflüssigen Konflikten. Hätte man nur einmal rechtzeitig miteinander geredet. Wie viele Auseinandersetzungen hätte man sich ersparen können. Das weiß jeder, der sich in der Praxis von Unternehmen auskennt. Die Beispiele dafür sind schier unendlich.

Den Herrschaftscharakter von Kommunikationen kann man ebenso auf Ämtern, in Arztpraxen oder vor Gericht erleben. Hier ist jemand, der sich nicht so perfekt artikulieren kann, von vornherein auf verlorenem Posten. Die Amtssprache dominiert. Das Ärzte- oder Juristenlatein. Hier haben es die sogenannten kleinen Leute besonders schwer. Ihre direkte und anschauliche Redeweise wird meist nicht anerkannt oder gerät ihnen zum Nachteil. Sie erzählen einen Sachverhalt eins zu eins – mit allen Details. Das wird dann meistens als nicht zur Sache gehörig diskriminiert. Zugelassen ist nur, was sich in den Kanon der Herrschaftssprachen einfügt.

Da haben es die oberen Schichten einfacher. Ihr Reden ist distanziert, abstrakt, beherrscht, kontrolliert. Aber eben auch wenig lebendig. Einen Sonderfall stellen hier die Intellektuellen dar. Deren Kommunikationen zeichnen sich meist durch eine „strukturelle Unaufrichtigkeit" aus. Ich habe das oft auf Tagungen erlebt. Argumente werden in Zweifel gezogen, relativiert, ignoriert oder mit Gegenargumenten belegt, ohne dass überhaupt auf die Argumente des anderen eingegangen wird. Zweck ist, das eigene Anliegen in den Vordergrund zu stellen. Es gilt das Konkurrenzprinzip. Diejenigen, die qua Status eigentlich zur Kommunikation prädestiniert erscheinen, beherrschen diese oft am wenigstens. Nie habe ich erlebt, dass so sehr aneinander vorbeigeredet wurde, wie auf wissenschaftlichen Tagungen. Nicht Verständigung scheint hier der Zweck zu sein, sondern Selbstdarstellung, Dissens und Kritik. Dazu sind fast alle Mittel recht. Hauptsache, man hat sich in Szene gesetzt. Ist im Gespräch. Hat ein Thema besetzt. Es wird viel „symbolische Gewalt" (Bourdieu) ausgeübt, d.h.: Überlegenheit demonstriert; der Versuch unternommen, jemanden mit sprachlichen Mitteln zu dominieren oder einzuschüchtern. Wobei das Perfide hier darin besteht, dass diese Form der Gewalt verschleiert, im Gewande der Wahrheitssuche daherkommt.

Dabei habe ich die Wissenschaftssprache immer als besonders erfahrungsarm empfunden. Hört man sich an, was Wissenschaftler zu bestimmten Themen zu sagen haben, kann man immer wieder erleben, welch dünne Bretter da gebohrt werden. Meist werden Dogmen verkündet und für die Wahrheit schlechthin erklärt. Oft wider jede Empirie. Dabei käme es gerade in den sich neutral gebenden Wissenschaften darauf an, danach zu fragen, welche Interessen jemand vertritt. Das gilt zumindest für die Wirtschafts-, Sozial- und Rechtswissenschaften. Und auf jeden Fall auch für alle Arten von Gutachten, die meist schon vom Auftraggeber präformiert sind. Und man sollte mehr und mehr danach fragen, wer eine wissenschaftliche Untersuchung bezahlt hat. Das sagt oft schon eine ganze Menge aus.

Auch im Privaten gilt, dass gestörte Kommunikationen im Verhalten von Paaren oder im Verhältnis zu den eigenen Kindern ein Hauptgrund für familiäre Störungen sein dürften. Oft nimmt man sich nicht genügend Zeit für ein Gespräch und muss dann doppelt und dreifach so viel Zeit aufbringen, um die daraus folgenden Konflikte zu bewältigen. Wie oft verpasst man den „richtigen" Zeitpunkt für ein Gespräch. Und wie oft verhält man sich falsch, selbst wenn es zu einem Gespräch kommt. Man hört nicht genau zu. Fällt dem Partner zu schnell ins Wort. Weiß angeblich oft schon im voraus, was dieser zu sagen hat. Vergreift sich im Ton. Versteht bewusst oder unbewusst das Falsche. Unterstellt etwas, was der andere gar nicht gemeint hat. Erträgt die Wahrheit nicht. Wird aggressiv. Usw. usf.

Das ganze Spektrum kommt in Betracht, sobald man über den Sinn und die Praxis von Kommunikationen nachdenkt. Eine der schwierigsten Dilemmata berichtet der Psychologe Paul Watzlawick: Es ist der typische Grundfehler fast aller Partnerkonflikte: Der Wechsel der Ebenen von Sach- und Beziehungsaussagen. Beide Ebenen sind in jeder Kommunikation präsent. Watzlawick nennt dafür ein einfaches Beispiel: Die Frau bereitet dem heimkehrenden Mann eine Suppe. Die Suppe ist versalzen. Antwortet der Mann auf die Frage, ob ihm denn die Suppe schmecke, wahrheitsgemäß, sie sei versalzen, verletzt er die Frau, die sich doch so viel Mühe damit gemacht hat. Sagt er stattdessen, die Suppe schmecke prima, um die Frau zu schonen und ihr Bemühen anzuerkennen, sagt er die Unwahrheit. Ein wahres Dilemma in alltäglichen Kommunikationen.

Die Schwierigkeiten nehmen mit der Komplexität und Dauer eines Konflikts in einem Maße zu, dass die Beteiligten oft gar nicht mehr wissen, worum es geht. Jeder spricht von etwas anderem. Wechselt die Perspektive, sobald er in Bedrängnis gerät. Ja, und wechselt eben die Ebene der Auseinandersetzung. Z.B. auch dadurch, dass er aus der laufenden Kommunikation quasi heraustritt und von einer Meta-Ebene aus auf diese schaut. Dann wird beispielsweise die Form der Auseinandersetzung kritisiert. Dann kommt ein Einwand wie: Sei doch bitte nicht so aggressiv oder: Mit dir kann man ja nicht vernünftig reden. Indem der Partner dies sagt, läuft die Kommunikation aber weiter. Nur geht es dann eben nicht mehr um die Sache, sondern um die Form. Und es fällt schwer, wieder auf die Sachebene zurückzufinden.

Auch die Voraussetzungen und Kontexte von Kommunikationen werden meist unterschätzt. Es stimmt, dass Jeder irgendwie kommuniziert und es unmöglich ist, nicht zu kommunizieren – wie der Soziologe Luhmann sagt. Denn selbst wenn jemand nichts sagt, kann das ungeheuer „vielsagend" sein.

Zu bedenken ist auch, dass viele Konflikte nicht isoliert auftreten. Die meisten haben eine Geschichte. Vorläufer. Daran wird bewusst oder unbewusst angeknüpft. Man stellt Analogien her. Bemüht Vergleiche – ob sie nun passen oder nicht. Auch kann der Informationsstand der Partner verschieden sein. Etwas wird verschwiegen. Verzerrt dargestellt.

Fast nie verlaufen Kommunikationen egalitär. Gerade im Verhältnis zu Kindern dominiert ein bestimmter Typ von Kommunikation, der wegen der Verbindung von emotionaler und sachlicher Ebene besonders schwer zu entwirren ist. Ich wundere mich immer wieder darüber, wie Eltern – gerade auch aus sogenannten bildungsbürgerlichen Schichten – mit ihren Kindern reden. Im besten Fall wie mit Erwachsenen. Sie bedenken oft gar nicht, dass die Kinder ihren Argumenten vielfach gar nicht gewachsen sein können. Werden diese dann noch mit moralischen Implikationen versehen, versinken die Kinder buchstäblich vor Scham in den Boden. Können sich nicht wehren. Meist werden die jeweiligen Sequenzen, z.B. eine massive Aufforderung, dann noch mit einem harten „Bitte" oder „wir haben doch mehrfach darüber gesprochen" abgeschlossen, das den Kindern nicht die Spur einer Chance lässt.

Man sollte sich also schon darüber im klaren sein, mit wem man spricht. Selten wird übrigens das eigene Interesse kommuniziert. Oder Wissens- und Informationsunterschiede. In einer konkreten Kommunikation können diese kaum thematisiert, geschweige denn kompensiert werden. Auch gibt es oft Situationen, in denen ein Partner gar nicht kommunizieren will. Weil er fürchtet, einen vorhandenen Vorteil einzubüßen. Motive preisgeben zu müssen. Oder im Gespräch „schlecht auszusehen". Keine Möglichkeit zu haben, sich argumentativ durchzusetzen. Angst davor zu haben, „sich den Mund zu verbrennen".

Schon diese wenigen Beispiele zeigen, welche Bedeutung Kommunikationen für das Sozialverhalten einer Gemeinschaft haben. Sie können Medium der Integration, aber eben auch der Ausgrenzung sein. Insidersprachen; Dialekte; Sprache überhaupt, erfüllen beide Funktionen gleichermaßen.

Insofern kann man gar nicht genug über diesen Sachverhalt nachdenken, der uns doch so „natürlich" und selbstverständlich vorkommt. Erst in Konflikten merkt man oft, wie schwierig es ist, adäquat zu kommunizieren. Die richtigen Worte zu finden. Den richtigen Ton. Den richtigen Zeitpunkt. Nimmt man noch hinzu, dass nicht nur mit Worten, sondern auch mit Gesten, Blicken, Körperhaltungen, Mimiken „kommuniziert" wird, die man oft gar nicht bewusst steuern kann, vielleicht aber auch als „Waffe" einsetzt, kompliziert sich alles noch mehr. Dabei haben wir noch gar nicht davon gesprochen, dass weder die Sachverhalte, über die wir reden, noch die Sprache selbst, *eindeutig* sind. Sie unterliegen immer möglichen Deutungen; lassen sich je nach Interesse und Perspektive unterschiedlich auslegen. Geben Raum für mögliche Missdeutungen, Fehlinterpretationen, Konstruktionen.

Das alles kann aber nicht dazu führen, auf Gespräche zu verzichten. Jeder muss lernen, mit dem anderen zu reden. Möglichst aufrichtig und mit dem Ziel, der Wahrheit näher zu kommen. Und manchmal muss man eben auch an den Sinn von Kommunikation glauben – wie unser Protagonist in dem oben genannten Film. Seine im Koma liegende Patientin ist nach vielen Monaten schließlich doch noch aufgewacht. Ob das aber an seiner unbeirrbaren Anrede gelegen hat – das bleibt im Film und auch hier offen. Jedenfalls hat er immer daran geglaubt, das sie ihn hört und versteht und darin mag ja allein schon der Sinn der meisten Kommunikationen liegen.

Erinnerungen an meinen Opa

Zu meinem Opa habe ich stets eine besonders enge Beziehung gehabt. Sein Naturell lag mir. Außerdem war er ein guter Erzähler. Ich konnte ihm stundenlang zuhören. Eine meiner Lieblingsbeschäftigungen.

Wir wohnten damals in einer Siedlung an der Kreuzung zu zwei Werften: Der kleineren Staatswerft, wo überwiegend Reparaturen durchgeführt wurden. Und der größeren Nordseewerke, wo damals richtig große Schiffe gebaut wurden und einige tausend Menschen beschäftigt waren.
Die Siedlung bestand aus Werkswohnungen, die eigens für die Werftarbeiter gebaut worden waren. Wir wohnten zeitweise mit neun Personen in einer dieser Wohnungen. Auf engstem Raum. Die Großeltern oben. Meine Eltern und die fünf Kinder unten. Wir Geschwister schliefen zu viert in einem Zimmer. Nebenan die Eltern und der kleinere Bruder von mir. Der einzige Gemeinschaftsraum war die Küche. Hier spielte sich alles ab: Essen, Schulaufgaben machen, sich aufhalten. Ein Bad gab es erst Ende der fünfziger Jahre. Vorher wuschen wir uns im Hinterhaus an einem Wasserhahn. Hinter einem Bretterverschlag befand sich das Klo.

Wann immer es möglich war, spielten wir draußen. Bei nahezu jedem Wetter. Hinter den Häusern der Siedlung befanden sich Äcker, Gärten, Schuppen, Hühner- und Kaninchenställe. Über einen schmalen Weg gelangten wir zum wichtigsten Ort für uns Jungen: dem Bolzplatz. Es handelte sich um einen Sandplatz, der von ca. zwei Meter hohen Drahtzäunen umgeben war. Abschnitte davon dienten uns als Tor beim Fußballspiel.
Nebenan stand der große Luftschutzbunker aus dem Zweiten Weltkrieg. Auf der anderen Seite der Siedlung befand sich das Bahngelände. Davor zwei große Wohnblöcke, in denen Angestellte und Beamte wohnen. Und vor allem: der

Werftdirektor. Wir sprachen immer nur mit einer Mischung aus Respekt und Verachtung vom Beamtenblock.

Von unserem Bolzplatz aus sahen wir die Docks und Kräne der Werften. Sie waren verbotenes Gelände für uns. Die Welt der Männer. Auch mein Opa hatte hier gearbeitet: als Schmied. Dann mein Vater und später die beiden älteren Brüder. Als Schlosser. Auf der Staatswerft befand sich eine Tischlerei, eine Schlosserei, eine Schmiede und eine gesonderte Kupferschmiede sowie eine Werkstatt für Elektrik. Auch Maler und Anstreicher gab es auf der Werft. Kleinere Schiffe, aber auch Bojen und Tonnen, die der Wegmarkierung auf dem Meer dienten, wurden hier repariert, entrostet und frisch gestrichen. Grün und Rot. Die Farben für Backbord und Steuerbord. Die Straße, in der wir wohnten, nannte sich in den fünfziger Jahren: Am Tonnenhof. Später wurde sie in Werftstraße umbenannt.

Wer zu einer der Werften wollte, musste an dem Haus vorbei, indem wir wohnten. Genauer gesagt: Er musste meinen Opa passieren.

Tägliches Ritual

Ich sehe ihn noch sitzen. Hinter der halb geschlossenen Gardine. Auf seinem Thron. Einem bequemen Lehnstuhl. Mittags und am späten Nachmittag: Die Mütze auf dem Kopf. *Ick mutt mien Parade offnehmen,* pflegte er zu sagen. Die Werftarbeiter hatten ihre Mittagspause oder Feierabend. Sie strömten eilig und in Scharen an dem Haus vorbei, in dem wir wohnten. Fast alle schauten hoch und grüßten. Einige legten die Hand an den Schirm ihrer Mütze. Salutierten gewissermaßen. Opa grüßte zurück. Huldvoll, majestätisch. Grüßte einer etwa nicht, bekam dieser sein Fett weg. *Nun kiek hum, de Aap.* Bemerkte der sein Missgeschick dann doch noch, kam das erlösende: *Aha, dat wull ick ook meenen.*

Viele Jahre hat Opa Murk[4] an diesem Platz verbracht. Hinter der Gardine – etwas versteckt – stand meist ein Bierglas. Auch die geliebte Pfeife fehlte nicht. Die erste hatte er schon kurz nach seiner Konfirmation bekommen. Oft genug schlief er auf seinem Stuhl ein. Dann lag die abgebrannte Pfeife samt Asche auf dem Boden. Weckte man ihn, war er tief erschrocken. Das ganze Haus hätte abbrennen können.

Denke ich an meinen Opa, so denke ich an die vielen Geschichten, die er immer und immer wieder erzählte. Die meisten habe ich behalten. Andere haben meine Schwester und Brüder erinnert. Alle gemeinsam sind wir somit die Autoren dieser Opa-Erinnerungen.[5]

Als er längst gestorben war, schauten die Vorübergehenden immer noch hoch zum Fenster, wo er so lange gesessen hatte. Von hier aus hatte er einen guten Überblick. Viele kannte er aus seiner Zeit auf der Werft. Jahrzehnte hatte er dort gearbeitet. Die tägliche Parade war seine Art von Verbundenheit mit den ehemaligen Kollegen. Während diese vorüber zogen, sinnierte er über den ein oder anderen. Oft sorgenvoll, vielfach aber auch mit spöttischem Unterton. Für jeden hatte er seinen Spruch. Der eine war kein guter Arbeiter. Der andere politisch unzuverlässig. Wiederum ein anderer hatte ihn auf die eine oder andere Weise enttäuscht .

So ein gewisser Waldemar Dieser hatte, als die Nazizeit näherrückte, sein Gewerkschaftsabzeichen abgenommen. Wenn Opa die Geschichte erzählte, verzog er jetzt, nach Jahrzehnten, immer noch verächtlich das Gesicht. Immer begann die Geschichte gleich: *Kiek, da kummt Waldemar. Waldemar, ich lieb dich immerdar. Aber dat will ick di seggen. De hätt*

---

[4] Zu seinem Beinamen Murk kam er offenbar, weil er der Sohn eines Bäckers war und frühmorgens Brötchen austragen musste. Und er rührt von den Mucksches her – den Pepernöten. So hat es meine Schwester erinnert. Aber es ist wie mit allen Geschichten, die er erzählte – ob es immer so war, weiß man nicht.

[5] Mein Bruder Klaus und sein Sohn Ole haben zudem den Text durchgearbeitet und das Bildmaterial gestaltet. Auch ihnen sei hiermit gedankt.

doch glatt sien Abzeichen offnohmen damals. Ick segg noch tau hum: Waldemar, wa hest du dat Abzeichen? Un wat seggt he? Mien Frau hett dat daan. Ick segg tau hum: Mien Frau nimmt mi keen Abzeichen off. Wa gifft denn so wat. Sonst is he'n fein Kerl, aber dat damals ... ne, ick weet van Dag noch neet, wat ick da van holln sull.
So ging es in einem fort. Tag für Tag. *Kiek, dat is de fleitende Josef. De kann polnisch. Dobra, piestra, hest hört. Ick löv, dat heet Gauden Dag. Ick weet dat aber neet seeker.*
Kiek, un da kummt ne heel vörnehm Kerl. De is Kalfakter west. Dabi hett de noit nen Schlag daan. Kiek eben, wa liek de löpt, de Maiaap.

Morgendliches Zeremoniell

Nach dem Tod seiner Frau Susanne bekamen wir Jungen das ehemalige Schlafzimmer der Großeltern als Schlafraum. Meine beiden älteren Brüder und ich. Als die beiden älteren Brüder später zur See fuhren, teilten mein jüngerer Bruder und ich uns den Raum. Ein unwirtliches Zimmer war es. Im Winter eiskalt. Die Eisblumen zierten die kleine Fensterluke. Im Sommer dagegen war es unerträglich heiß, da es sich um einen Raum im Dachgeschoss handelte.
Opa hatte es sich zur Aufgabe gemacht, uns Jungen morgens zu wecken. Punkt sieben Uhr. Punkt sieben hieß: mit dem letzten Pfeifton seines Volksempfängers vor den Sieben-Uhr-Nachrichten ging die Tür zu unserem Zimmer auf und Opa weckte uns mit einem: *Jungs, upstahn, is söben Ühr. Aber neet weer inschlaapen. Ick was all um sees Ühr waaker und hebb all'n Piep rookt in't Beerd. Düren ji aber neet Mauder vertellen.*

In der Tat konnte man im Halbschlaf schon lange vor dem Wecken Geräusche hören. Das Radio. Das Ruckeln am Ofen. Und jeden morgen das gleiche: Opa musste seine Kohlen und Brikett vom Boden holen. Um dahin zu gelangen, musste er den Treppenabsatz mit einem Ausfallschritt überwinden. Dabei fielen nahezu immer ein Brikett oder Teile der Kohle von der Schaufel und klunterten die Treppe herab. Unter ständigen Flüchen musste Opa das verloren gegangene Stück Feuerung wieder die Treppe raufholen.

Nach dem Wecken rührte sich meist bei uns im Zimmer noch gar nichts. Man drehte sich noch einmal um und dummelte noch ein wenig vor sich hin. Aber diese Rechnung hatten wir ohne Opa gemacht. Spätestens nach fünf Minuten kam er erneut ins Zimmer: *Stahn ji nu up off sall ick'n Emmer Water halen.*
Er machte das Licht an und ging schimpfend in sein Zimmer zurück. Oft knipsten wir das Licht mittels einer Schnur, die wir vom Bett aus betätigen konnten, noch einmal aus. Passierte es dann, dass unsere Mutter – unruhig geworden, weil sich noch nichts tat – vom Flur aus hochrief, um uns ebenfalls zu wecken, war die Empörung Opas programmiert: *Ick hebb hör all tweemal Bescheed seggt, aber de Satans stahn ja neet up.*

Dieses Ritual vollzog sich Morgen für Morgen und über Jahre. Wir hatten uns daran ebenso gewöhnt wie an die Tatsache, dass es morgens hell wurde. Opa gehörte einfach zum Tagesablauf dazu. Ich kann mich nicht erinnern, dass er jemals verschlafen hat.

Der Menschenkenner

Opa war ein überaus skeptischer Mensch. Für viele hatte er nur Spott über. Zumindest aber eine Prise Argwohn. Er hatte viel erlebt mit den Menschen. Hatte seine Erfahrungen gemacht. Viele Enttäuschungen. Ihre Wandlungsfähigkeit erlebt. Ihren Opportunismus. Ihren Verrat. In der Erinnerung brodelten all diese Gefühle noch, und mit fortschreitender Erzählung wurden sie wieder lebendig in ihm: *In der Welt ist dunkel, leuchten müssen wir* – das war einer seiner Lieblingssprüche, die er nahezu täglich von sich gab. Oder: *So ist das Leben von Sondermann – de een de schitt de anner an.*

Wirklich gute Kameraden habe er nur wenige gehabt. Wie oft erzählte er die Geschichte seiner Verwundung im Ersten Weltkrieg. Er hatte einen Oberschenkeldurchschuss bekommen. Lag verblutend auf dem Schlachtfeld. Seine Hilferufe blieben ungehört. *Wi worn offlöst*, antworteten ihm die Kameraden. Nur einer ließ sich herbei, ihm zu helfen. *Een lüttje Jööd ut Krumhörn, de hätt mi rett. Van wegen: ich hatt einen Kameraden. Wenn't drup ankummt, dann hest du keen Kamerad. Dann denkt jeder nur an sük.*

Glaubte man ihm diese Geschichte nicht oder schaute auch nur etwas zweifelnd, konnte es passieren, das Opa Anstalten machte, seine Verwundung vorzuzeigen. Spätestens dann war auch der letzte Zweifler überzeugt.

Das Schlitzohr

In seiner Arbeitskolonne auf der Werft, da hatten sie zusammen gehalten. Da konnte kein Vorgesetzter ihnen was wollen. Oft erzählte er die Geschichte von einem *Kalfakter*[6], der ihnen Vorschriften machen wollte, wie viel Zeit sie für einen bestimmten Arbeitsvorgang benötigen dürften.

Opa und seine Kollegen hörten sich dies in aller Ruhe an. Dann sagte Opa ganz trocken: *Dann maak uns datt maal vöör. Da harr he neet mit rekent. De hett velicht keeken. De is noit weer komen*, fügte er hinzu, nicht ohne seinen Triumph noch einmal auszukosten.

Diese für einen einfachen Arbeiter durchaus nicht unriskanten Formen des Widerstands waren meist aus einer Mischung von Stolz und Selbstbehauptung geboren. Man wollte sich von diesen Besserwissern, die nie selber Hand angelegt hatten, nichts vormachen lassen. Auch eine Portion

---

[6] Nach der Definition des Dudens ist ein Kalfakter ein „Einheizer". Der Begriff steht auch für Aushorcher, Schmeichler, Nichtstuer. Opa sprach denn auch voller Verachtung von diesem, betonte das Wort scharf, ja spuckte es geradezu aus.

Häme war dabei. Sollte er doch mal vorführen, wie er sich die Arbeit dachte. Spätestens dann war es mit dem Hochmut der Vorgesetzten vorbei. Und das wiederum verlieh der Gruppe Selbstbewusstsein und inneren Zusammenhalt.

Es existiert noch ein Bild von dieser Arbeitsgruppe: Opa steht – seltsam stramm – am linken Rand. Daneben zwei Kollegen; davor, halb liegend, zwei weitere. Sie alle blicken erwartungsvoll in die Kamera; etwas misstrauisch vielleicht, aber in jedem Fall selbstbewusst. Mit dieser Gruppe soll sich kein Vorgesetzter anlegen – das könnte die vom Bild ausgehende Botschaft sein. Diese Arbeiter vermitteln ein Zusammengehörigkeitsgefühl und scheinen zu wissen, dass sie nur dann, wenn sie zusammenstehn, als Arbeiter überleben können.

Wenn Opa von seinen Kollegen erzählte, spürte man, worauf es ankam: Er musste ein guter Arbeiter sein und man musste sich auf jemanden verlassen können. So nahmen sie auch für sich das Recht in Anspruch, ihre Arbeitsbedingungen gegen Zumutungen von Vorgesetzten zu verteidigen. Sie wussten, dass es auf ihre Knochen geht, wenn sie sich ein verschärftes Arbeitstempo auferlegen lassen. Die Arbeit damals war zwar mit der Hektik heutiger, industrieller Arbeitsprozesse nicht vergleichbar. Es gab immer mal kleine Pausen für einen Skat oder für'n *Söpke*. Aber es musste auch zum Teil schwerste körperliche Arbeit verrichtet werden. Und die Arbeitszeiten waren lang. Es gab noch die 48-Stunden-Woche – einschließlich des Samstag.

Viele standen seit ihrem vierzehnten Lebensjahr im Arbeitsprozess. Bis zur Rente mussten die meisten von ihnen über fünfzig Jahre schwere Arbeit hinter sich bringen. Die Arbeitsbedingungen in der Werftschmiede waren alles andere als gesundheitsförderlich. Die Eisenteile wurden bei offenem Feuer geschmiedet und zugeschlagen. Dämpfe strömten aus.

Im Sommer gab es unerträgliche Temperaturen in der Halle. Das alles führte zu einem rapiden Kräfteverschleiß unter den Arbeitern, und viele erreichten in diesen Jahren das Rentenalter gar nicht oder starben kurz darauf. Sehr alt wurde von diesen Leuten kaum jemand.

Es war also nicht nur mutig, wenn man sich gegen eine Verschärfung des Arbeitstempos wehrte. Zum Helden jedenfalls taugte mein Opa nicht. Das hätte seinem ganzen Naturell widersprochen.

Der Zauberer

Zu den ewigen Ritualen gehörte die Art und Weise, wie er seinen Tabak mischte. Er kaufte zwei Sorten. Eine hieß Half un Half. Auf dem Tisch breitete er eine Zeitung aus und mischte die beiden Sorten kräftig unter. Ein imposanter Haufen Tabak lag dann da. Und stets kam es dann für mich als Jungen zur Nagelprobe. Er legte seine Tabakdose auf den Tisch und fragte mich verschmitzt: *Na, mien Kerl, wöln wi wedden, off dat all rin geiht?* Jedes Mal fiel ich darauf rein. Ich konnte mir einfach nicht vorstellen, wie dieser Haufen Tabak in der kleinen Dose verschwinden sollte. Opa knetete den Tabak solange, bis er ihn tatsächlich in der Tabakdose verstaut hatte. Für mich grenzte das jedes Mal an Zauberei. *Watt seggst nu*, fragte er triumphierend: *Datt harst neet docht van dien Opa, watt? Ick segg ja immer: In ganz Europa, gibt's nicht so'n Opa. Datt hett Mauder ook immer seggt.* Gemeint war seine Frau Susanne, der man dieses Lied als Kind immer ins Ohr singen musste, da sie schwerhörig war.

Datt stuurste van't Dag

Das Leben meines Opas bestand überhaupt aus Ritualen, die er in unvergleichlicher Weise zu zelebrieren verstand. Etwa das tägliche Rasieren und Waschen. Nahe dem Fenster wurde ein eisernes Gestell aufgebaut mit einer Vorrichtung für die Schüssel. In diese wurde heißes Wasser gefüllt, und Opa tunkte den Rasierpinsel ein, rieb diesen an der Rasierseife, bis Schaum entstand und seifte sich gemächlich ein. Um den Schnurrbart herum. Das langärmlige Unterhemd blieb an. Auch während des anschließenden Waschvorgangs. Dieser bestand darin, dass er den oberen Rand des Hemdes etwas abknickte. Dann wusch er sich unter lautem Prusten Gesicht und Hals, nässte das Haar etwas an und trocknete sich ächzend vor Anstrengung das Gesicht.

Damit aber war der Vorgang der Morgentoilette noch nicht beendet. Vor dem Spiegel zwirbelte er seinen Kaiser-Willhelm-Bart, so dass die beiden Ränder sich kräuselten. Dann kämmte er sich, wobei er sich kunstvoll eine kleine Tolle drehte – sein Markenzeichen. Die Schüssel mit Wasser wurde im Ausguss entleert, das Hemd übergezogen, und erschöpft ließ er sich anschließend in seinen Lehnstuhl fallen. *Datt is mi't stuurste van't Dag.*
 Er war mit sich und der Welt zufrieden, schenkte sich ein Glas Bier ein, stellte dieses so hinter die Gardine, dass es nicht gleich auffiel und blickte zufrieden auf das Treiben der Straße.

Opa geht aus

An Tagen, an denen der das Haus verließ, um „in die Stadt zu gehen", dauerte alles noch länger als gewöhnlich schon. Ein Badezimmer hatten wir noch nicht im Haus. Die Füße mussten gewaschen werden. Da er das selbst nicht mehr konnte, half ihm meine Schwester. Warmwasser in die Schüssel und unter Ausrufen des Wohlbefindens wusch die Schwester ihm die Füße. *Wat is dat moi, mien Wicht.*
Dann zog er frische Wäsche und ein neues Hemd an und legte besonderen Wert auf sein Äußeres. Betrachtete er sich

abschließend im Spiegel, kam meistens ein *Ja, dien Opa, datt was'n stuuv Kerl, dat kann'st mi glöben.*

Aus ging er nur zu besonderen Anlässen. Einmal monatlich, um die Rente von der Post abzuholen. Dann häufig an Sonntagen, um in seine Kneipe zu gehen, den Drei Kronen, an jedem 5. Dezember zum Knobeln und am 1. Mai, um an der Maikundgebung der Gewerkschaften teilzunehmen. All diese Anlässe bedurften der intensivsten Vorbereitung.

An jedem Ersten des Monats kam die Rente. Opa schmiss sich in Schale und machte sich auf den Weg. Den Empfang der Rente musste er quittieren. Seine Unterschrift übte er am Tag zuvor auf dem Zeitungsrand und zwar solange, bis er den richtigen Schwung raus hatte. Das dauerte bei seinen Schmiedehänden. Aber nach einiger Zeit war er mit sich zufrieden. Jedes mal zeigte er voller Stolz das Resultat vor. Nicht selten kam es vor, dass er von der Post aus direkt in seine Kneipe ging. Dann konnte es spät werden, und wir alle erwarteten voller Ungeduld seine Heimkehr.

In seiner Kneipe hatte er seinen Stammplatz. Wehe, dieser war besetzt, wenn er reinkam, dann klagte er tagelang sein Leid: *Mi was de heele Dag verdürben,* hieß es dann. Gott sei dank, kam das selten vor. Der Wirt wusste um seine Emp-findlichkeiten: Das Bier musste anständig gezapft sein, das heißt mit einer kunstvollen Schaumkrone und selbstver-ständlich gehörte ein eisgekühlter Schnaps dazu. Stimmte alles zu seiner Zufriedenheit, dann konnte er vor Glück strahlen. Dem Schnaps folgte ein langgezogenes *Aah* und dann wurde – nicht weniger vernehmlich – ein kräftiger Schluck Bier genommen. Ein Teil des Schaums verfing sich dabei regelmäßig im Schnurrbart und wurde anschließend genüsslich mit der Zunge weggeschleckt.

Nicht selten kam es vor, dass Opa an solchen Tagen erst im Laufe des Nachmittags heimkam. Leicht schwankend, aber doch einigermaßen sicher auf den Beinen. Gelegentlich wurde ich als Begleitperson mitgeschickt. Ich sollte den Opa rechtzeitig ermahnen, zum Mittagsessen nach Hause zu kommen. Der Erfolg meiner Mission war bescheiden. Opa versorge mich mit dem nötigen Kleingeld, so dass ich mir Limonade oder allerhand Schlickersachen kaufen konnte. Ich lebte gut dabei.

Kamen wir schließlich am frühen Nachmittag nach Hause, gab es die entsprechende Abreibung. Erst für den Opa, dessen Essen warm gehalten werden musste und dann für mich, weil ich wieder einmal so kläglich versagt hatte.

Der Knobelabend

Ein besonderer Höhepunkt des Jahres war der Knobel-abend, einen Tag vor Nikolaus. Den ganzen Tag über hörte man von oben die Würfel auf dem Holztisch ausrollen. *Van Dag hebb ick en gaud Schmeet*, ließ Opa verlauten. Er übte sich ein für den Abend, und gemeinsam zogen wir los, sobald es dunkel wurde. Von einer Kneipe zur nächsten; in Bäckereien und wo auch immer was zu gewinnen war.

Ich erinnere mich besonders an einen dieser Abende. Wieder starteten wir voller Siegesgewissheit, sahen in der Phantasie bereits Gänse, Enten und Torten vor uns und waren bester Stimmung. Bei mir lief es nicht so gut. Ich schied meist bereits im Vorfeld aus. Aber Opa gelangte schließlich in ein Stechen. Gemeinsam mit einem Mitspieler hatte er die 16 geworfen. Nun war es am Mitspieler, vorzulegen. Dieser warf nur 9 Augen. Mein Opa, in einer Mischung aus Spott und Hochmut, fühlte sich bereits als Sieger. Die Würfel landeten bei kläglichen 7. Drei Würfel und nur die 7. Unfassbar. Die sicher geglaubte Torte war uns durch die Lappen gegangen. So ging das den ganzen Abend weiter. Sein ganzes Training war umsonst gewesen. Um nicht gänzlich mit leeren Händen nach Hause zu kommen, kaufte er schließlich eine Ente und ließ für Weihnachten eine Torte reservieren. Ich wurde zum Stillschweigen verdonnert. Zu Hause ließ sich Opa als Sieger feiern. Unser Geheimnis behielten wir für uns. Geschmeckt hat es uns auch so. Und im nächsten Jahr waren wir erneut voller Zuversicht dabei. Opa hatte schließlich wieder trainiert.

Maifeiern

Ein weiterer Höhepunkt des Jahres war für ihn der erste Mai. Anfang der fünfziger Jahre gab es einen Marsch der Arbeiter durch die Stadt und dann eine Kundgebung. Opa war stets einer der ersten bei den jeweiligen Treffpunkten. An einem dieser Tage musste ich mal wieder als „Alibi" mit. Beim Marsch durch die Stadt konnte ich mit den Männern kaum Schritt halten. Noch heute habe ich den Klang des Gleichschritts im Ohr sowie die Marschmusik der Feuerwehrkapelle. Für mich wurde das ganze zum Dauerlauf und ich war völlig erschöpft, als wir endlich am Kundgebungsplatz ankamen. Hier wurden Reden geschwungen und das Lied von den „Brüdern zur Sonne, zur Freiheit" gesungen. Anschließend ging es in die Kneipe. Die Stimmung war kämpferisch. Es wurde heftig diskutiert und sich empört über zu niedrige Löhne und lange Arbeitszeiten. Aber man erinnerte sich auch der Zeiten, als es noch schlechter gewesen war und man mit wenigen Pfennigen Stundenlohn abgespeist wurde.
Getrunken wurde viel an diesen Tagen, und entsprechend spät kamen wir heim. Sehr zum Missfallen der Frauen, die mal wieder mit dem Essen gewartet hatten.

Viele Jahre später kam Opa an einem solchen Tag erst am Nachmittag aus seiner Stammkneipe „Drei Kronen" zurück. Mein älterer Bruder und ich waren allein im Haus. Plötzlich hörten wir ein lautes Gepolter und einen dumpfen Aufprall. Opa war – betrunken wie er war – rücklings die ganze Treppe heruntergefallen. Wir stürzten in den Flur und fanden ihn ächzend und stöhnend in der Ecke liegend. Es war für uns nicht einfach, ihn wieder auf die Beine zu stellen. Immer wieder sackte er uns weg. Er fluchte und jammerte in einem fort. Und machte schon wieder seine Sprüche. *Wa kann't angahn. Ick weet heel neet, wa ick hier herkoom. Wa is't möglek in de Welt.*

Uns fiel es schwer, ernst zu bleiben. Wie wir ihn schließlich die Treppe hoch bekamen, ist mir heute noch ein Rätsel. Tagelang erzählte er von seiner Heldentat und zeigte seine blauen Flecken. Es war noch einmal gutgegangen.

Der Kinobesuch

Ein aufregender Tag in seinem Leben war der erste und einzige Kinobesuch. Er musste lange dazu überredet werden, aber schließlich gelang es meinem Vater, ihn zu überzeugen. Gespielt wurde: Der Hauptmann von Köpenick – in der Hauptrolle der unvergessene Heinz Rühmann.

Für Opa bedeutete das: sich in Schale werfen und auf ein Abenteuer einlassen. Und mit welchem Ergebnis? Totale Begeisterung. Vor allem einer Szene galt diese: *Dat musst' di vörstellen. De lüttje Wilhelm Vogt köfft sük 'n Hauptmanns-Uniform. Geiht damit up Klo, treckt sük um. Da kummt 'n Leutnant oder wat dat was und röpt: Wer scheißt denn da so lange? Dat harst du seen musst: ruut kumt 'n Hauptmann. Benehmen Sie sich! Wo haben Sie gedient? Melden Sie sich bei ihrem Vorgesetzten! Und geiht eenfach wieder. Ick hebb mi dootlacht.*

Und in der Tat: Vater erzählte, dass Opa angesichts dieser Szene in einen nicht enden wollenden Lachanfall geriet – immer dieses tiefe Ha, ha, ha – bis andere Zuschauer anfingen zu zischen und sich zu beschweren. Opa war kaum zu beruhigen.

Noch wochenlang erzählte er jedem, der es hören wollte – oder auch nicht – diese Szene in allen Einzelheiten. Wie der kleine Wilhelm Vogt die Autoritäten des Kaiserreichs vorführte – das war nach seinem Geschmack. So stellte er sich den Widerstand des kleinen Mannes vor. Er identifizierte sich völlig damit.

Der erste Fernseher

Ein ähnliches Wunder erlebte Opa, als wir den ersten Fernseher bekamen. Der älteste Bruder, der bereits zur See fuhr und Geld verdiente, hatte es möglich gemacht. Das war 1958 zur Fußball-Weltmeisterschaft in Schweden. Ich weiß es noch wie heute.

Es war das zweite Gruppenspiel. Das erste gegen Argentinien hatten wir noch beim Nachbarn gesehen. Schätzungsweise zwanzig Leute in der kleinen Stube. Daraufhin kündigte die Nachbarsfrau an, das käme nicht mehr in Frage. Also was tun? Bis Mutter die erlösenden Worte sprach: Wir bekommen einen eigenen Fernseher.

Auch bei uns versammelten sich Nachbarn, Freunde, die Geschwister sowieso – also gut und gerne an die fünfzehn Personen. Die Kinder saßen unter dem Tisch.

Das Spiel gegen Nordirland mit dem sagenhaften Torwart Harry Gregg war in vollem Gange, als wir Geräusche aus dem Flur hörten. Opa nahte. Er hatte oben keine Toilette und musste sein Geschäft auf unserem Klo machen.

Mitten in einer spannenden Szene stand plötzlich Opa in der Stube. Die Hose schon in der Hand, blieb er mitten vor dem vor dem Fernseher stehen. Voller Vergnügen sah er sich die Szene an und kommentierte: *Hoppla, nun kiek hum eben, wat de loopen kann. Dat givt ja wall neet, wupp di.*

Und wir? Helles Entsetzen. Wir bekamen nichts mehr mit. Das Bild füllte die stattliche Figur unseres Opas. Unser Nachbar, aber auch andere riefen im Chor: *Opa, nu maak doch*

dat du wieder kumst, du steihst doch genau davör. Es dauerte eine
Weile, bis Opa begriff, und mit einem durchaus beleidigten:
Huul aff, verabschiedete er sich, um sein Geschäft zu ma-
chen. Das hinderte ihn jedoch nicht, beim Rückweg vom
Klo genau dasselbe Prozedere noch einmal zu veranstalten.
Auch hier wich er nur dem geballten Protest und schlich
schließlich mit seinem: *Ja, ick weet wal, huul aff*, davon.
Opa hatte zum erstenmal ferngesehen – wie ein Weltwunder
muss es ihm vorgekommen sein. Und uns nicht weniger.
Eine neue Welt tat sich auf: Wir konnten in der eigenen Stu-
be an einem Weltereignis teilnehmen. Unfassbar.

Vertrautheiten

Nach dem Tod seiner Frau Susanne wurde es doch recht
einsam um ihn. An sie habe ich wenig Erinnerungen. Meistens saß sie schlafend in der Sofaecke. Durch ihre Schwerhö-
rigkeit bedingt gab es wenig Möglichkeiten der Kommunikation. Ab und zu sang eines der Kinder ihr was ins Ohr. Sie
war sanft und gutmütig. Sie starb Mitte der fünfziger Jahre
an Gelbsucht. Über ihre Ehe mit meinem Opa weiß ich wenig. Dafür hatte man als Kind keinen Blick. Sehr glücklich
schien sie mir nicht.
Das Schlafzimmer der Beiden kam nach ihrem Tod uns zugute – d.h. meinen beiden älteren Brüdern und mir. Opa
bezog die ehemalige Küche; sie wurde sein Aufenthalts- und
Schlafzimmer. Von hieraus überblickte er die Wegkreuzung
zu den beiden Werften.

Ich wuchs mit der Zeit immer stärker in die Rolle eines Ver-
trauten für Opa hinein. Das hatte damit zu tun, dass unser
Jungen-Schlafzimmer direkt nebenan lag und ich als der
Jüngste der drei Brüder früher zu Bett geschickt wurde. D.h:
Ich hätte zu Bett gehen sollen. Sobald der Opa mich hörte,
rief er mich zu sich herein, um Gesellschaft zu haben. Wir
spielten Spiele miteinander – Sechsundsechzig oder Mikado

– oder Opa begann aus seinem schier unerschöpflichen Arsenal an Geschichten zu erzählen. Auch Frauengeschichten waren darunter; relativ harmlose, aber für mich als Heranwachsenden doch von einigem Interesse.

Er erzählte, wie er schon als Lehrling zum Objekt der Begierde wurde. Er erlernte das Schmiedehandwerk in einer Werkstatt auf dem Lande. Von der Pieke auf. Nach vollbrachtem Tagewerk musste er dann noch die Schafe vom Deich holen. Im Sommer, nahm er dann die Gelegenheit zu einem kühlen Bad wahr. Badehosen gab es nicht. Regelmäßig geschah es dann, dass die Magd des Hauses sich dem Geschehen näherte und Opa in eine missliche Lage geriet, wie sich denken lässt. Sie hatte rote Haare und war wohl nicht so ganz sein Fall. Aber seiner Eitelkeit schmeichelte der Vorgang doch ganz offenbar, denn immer wieder kam er auf diese Geschichte zurück. Aber so war es ja mit allen Geschichten.

Opa-Bilder

Das erste Bild zeigt ihn gutgenährt, fast etwas füllig. Im Sonntagsstaat. Weißes Hemd, Stehkragen, die Krawatte nach der Mode lässig geschnürt; schwarze Weste; die Kette der Taschenuhr sichtbar; ganz entspannt die Pfeife haltend; ein offener, fast heiterer Gesichtsausdruck; dazu passend der Schnurrbart und die Haartolle. Ein stattlicher Mann im besten Alter. Die Augen blicken leicht trübe drein. Das lässt auf eine Feierlichkeit schließen. Oder er kommt gerade von einem Ausgang aus der Stadt zurück. Aber in jedem Fall bester Stimmung – was bei ihm auch immer so viel heißt wie leicht angeheitert.

Ich stelle mir vor, wie alt er auf dem Bild sein mag. Vielleicht vierzig bis fünfundvierzig Jahre. Also befinden wir uns in der zweiten Hälfte der zwanziger Jahre des vorigen Jahrhunderts. Der Erste Weltkrieg ist überstanden. Er hat die Hölle von Verdun überlebt. Knapp, aber immerhin. Die ärgste Zeit des Kriegs- und Nachkriegshungers ist vorbei.

Er hat Arbeit auf der Werft. Es kann wieder gelebt werden. An der Stelle muss dann die Geschichte von einem Wahrsager kommen, der ihm prophezeit hatte: wenn er 29 Jahre alt würde, könnte er auch neunzig werden. Daran glaubte er nur zu gern. Mit 29 Jahren wurde er dann tatsächlich bei Verdun schwer verwundet. Nun brauchte er nur noch alt zu werden.

Das zweite Bild zeigt ihn ca. 20 Jahre später. Er wird hier um die sechzig Jahre alt sein. Es zeigt einen ernst und skeptisch blickenden alten Mann. Die Augen leicht zusammen gekniffen, blicken resigniert in die Welt. Die Ränder schwarz. Die Stirn in Falten gelegt. Der Schnurrbart grau-blond. Die Haare gelichtet. Er sieht erschöpft, ja kränklich aus in seiner Arbeitsjacke. Ein Mann, gezeichnet von den Spuren eines ziemlich schweren Lebens. Der hat keine Illusionen mehr. Er hat zwei Weltkriege mit all ihrem Elend erlebt. Den ersten Sohn schon als Kind verloren und zwei Söhne, die zu den Nazis gegangen sind. Ein hartes Schicksal also, das sich in diesem Gesicht abbildet.

Vaterrollen

Mitte der zwanziger Jahre hatte er den ältesten Sohn ebenfalls auf der Werft untergebracht. Meinen Vater. In eine Schlosserlehre. Mit dem Augenzwinkern eines Schlitzohrs erzählte er diese Geschichte. Der Sohn hatte Äpfel gestohlen und diese auf dem Speicher oberhalb des Elternschlafzimmers deponiert. Eines Nachts geraten die Äpfel durch irgendeinen Zufall ins Rollen und verursachen einen Höllenlärm, der das ganze Haus aufschreckt. Zur Rede gestellt, gesteht der Sohn, die Äpfel gestohlen zu haben. Ausgerechnet jedoch beim Werftdirektor. Und das auch noch in der

Zeit, als die Aufnahmeprüfung für die Lehre ansteht. Eine bizarre Situation. Opa nimmt meinen Vater ordentlich in die Mangel. *Dann kannst dien Leerstee vergeeten, wenn dat ruutkummt.* Heulen und Zähneklappern ist angesagt. Opa, in echter Sorge, ob das Ganze auffliegt, trifft nach einigen Tagen den für die Prüfung zuständigen Meister und fragt diesen, wie es mit der Prüfung seines Sohnes gelaufen sei. Dieser antwortet ihm kurz und bündig: *Erster fertig und fehlerfrei.* Mit dieser Botschaft kommt er nach Hause. Alles ist noch einmal gut gegangen. Der Vater hat die Lehrstelle und Opa eine Sorge weniger. Voller Stolz erzählte er die Geschichte – noch Jahrzehnte später.

Die Einundsiebziger

Wenn er die Geschichte erzählte, vergaß er nie hinzuzufügen, er habe es ja auch nicht anders gemacht als der Sohn. Auch er habe in seiner Jugend Äpfel gestohlen und sei dabei einmal erwischt worden. Und zwar nur deshalb, weil er auf der Flucht seine neue Mütze verloren hatte. Von seinem Vater zur Rede gestellt, habe er die Mütze holen müssen. Der Sohn des Bestohlenen wiederum wollte sie ihm nicht zurück geben. Dessen Vater fragt ihn: *Wa heeßt du? Wa heet dien Vader?*, fragt dieser weiter. Opa sagt den Namen seines Vater. *Was de bi de Eenunsöbentiger?* Ja, antwortet Opa. Darauf der Alte: *Geev de Jung de Mütz weer, de Vader was'n Kamerad van mi.*

So ging auch diese Geschichte einigermaßen glimpflich aus. Weil der Vater meines Opas den sog. Einundsiebzigern angehörte. Dabei handelte es sich um die Teilnehmer am Deutsch-Französichen Krieg von 1870/71. Diese verfügten über einen starken Zusammenhalt. Jährlich – am Jahrestag der französischen Kapitulation, trafen sich die Teilnehmer zu einer Gedenkveranstaltung. Hierbei wurde die Kapitulation Napoleons des Dritten als Theaterstück in Szene gesetzt und Opa, der kaum jemals Hochdeutsch sprach, artikulierte die Kapitulationserklärung Napoleons förmlich und in deutlicher Aussprache: *Da es mir nicht vergönnt war, an die Spitze meiner Truppen zu sterben, überreiche ich Euer Majestät meinen Degen!*

Diese Erklärung Napoleons des Dritten gegenüber Kaiser Wilhelm dem Ersten wurde vom Opa mit den entsprechenden Gesten untermalt: Die stramme Haltung des französischen Kaisers, die feierliche Übergabe des Degens, die huldvolle Entgegennahme durch Wilhelm – all das saß noch drin und wurde vom Opa perfekt rekapituliert und inszeniert. Man merkte gewissermaßen noch den Respekt vor seinem alten Herrn und dem ganzen Vorgang überhaupt. Und das, obwohl Opa alles andere als ein Sympathisant des Militärs war. Aber für derartige Zeremonien hatte er ganz offenbar eine Schwäche.

Ebenso erzählte er voller Stolz, dass eine Verwandte von ihm bei einem Besuch Kaiser Wilhelm dem Zweiten in Emden Blumen gestreut habe. Und das, obwohl er für diesen Kaiser, der den Ersten Weltkrieg mitverschuldet hatte, nichts als Verachtung übrig hatte. Die ganze Borniertheit des preußischen Militarismus, sie war ihm zuwider. Auch misstraute er dem Kaiserausruf: Ich kenne keine Parteien mehr. Opa wusste, wohin er gehörte.

Seinen Vater – und alles, was mit den Einundsiebzigern zusammenhing – respektierte er dagegen sehr.
Der Vater war Bäcker gewesen. In der Kranstrasse zu Emden – dort, wo er auch geboren wurde. Opa hatte das Bäckerhandwerk nicht erlernen wollen – wegen des frühen Aufstehens, wie er stets hinzufügte. Er war deshalb lieber Schmied geworden, wenn auch im ca. 10 km entfernten Wybelsum. Noch heute stehen Reste der kleinen Schmiede, wenn man die alte Dorfstrasse von Larrelt nach Wybelsum fährt. Genau an der Kurve, wo es zur Knock geht. Zu seiner Lehrmeisterin hatte er auch nach vielen Jahren immer noch

Kontakt: der alten Frau gegenüber war er dankbar, weil er immer gut behandelt worden war. Es müssen gute Jahre für ihn gewesen sein.

Militär und Erster Weltkrieg

Ganz anders war es beim Militär. Er empfand dies als verlorene Zeit. Das Militär passte nicht zu seinem Wesen. Er war eher gemütlich und liebte seine Ruhe. Diese ganze Zackigkeit, das System von Befehl und Gehorsam, die damit verbundene Unterordnung – das war nicht seine Welt. Immer wieder erzählte er folgende Anekdote: Es wurde mal wieder zum Appell geblasen. Es hieß: Antreten und stillgestanden! Auf dem Pferde reitend näherte sich der Hauptmann. *Aber ick har noch en Slaatje achter't Kuus. Heel vörsüchdög hebb ick hum uutspuckt. Da har ick wat maakt.*

Da spuckt verdammt noch jemand aus, schrie der Hauptmann zu Pferde. Vortreten und marsch, marsch! Mehrere Strafrunden musste er exerzieren. *So was dat bi't Militär, mien Kerl. Seh tau, dat du da noit henmusst.*

Diese Geschichte erzählte er Eins zu Eins. Das Stillgestanden, das Ausspucken, alles wurde noch einmal intensiv erlebt und vorgemacht. Wenn er dann so dastand – etwas füllig und als immerhin schon alter Mann – man konnte sich die ganze Situation vorstellen, als wäre sie eben passiert.

Auch unter den Kameraden lief es nicht so, wie er sich das vorstellte. An einem Wochenende, als er Stubendienst hatte und nicht nach Hause durfte, bat er einen seiner Zimmergenossen – einen dicklichen Bauernsohn – ihm das Fresspaket, das dieser immer von zu Hause mitbekam, zu überlassen. Als Gegenleistung könne dieser dann nach Hause fahren. Opa würde dessen Dienst übernehmen. *Dat wul he neet. Ick hebb hum seggt: dann kummst du ook neet na Huus. As neet beeter kunn, up eenmal was he wech. Ick achter hum an. Ick wuss ja, wa he henwul. Und da sach ick hum. Achter en Paal stunn he. Sien dicke Buuk kunn man seen. Ick segg: hier kummst her. Un hum bleev nix anners över, als mittaukoomen. De het mi noit wer ankeeken. Aber dat maakt nix, de verfreeten Kerl. Wi harrn nix up de Rippen, un de was dick und fett un meente, uns nix offgeben tau mutten. So geiht dat ja nun neet. Aber so was dat, min Kerl. Van wegen Kameradschaft. Sückse Kerls dochen bloot an sük.*

Vom Krieg erzählte er – anders als viele unserer Lehrer – keine Heldengeschichten. Grausam und menschenverachtend sei er gewesen. In seinen einfachen Worten: *Waför hebbn wi uns dootscheeten laaten, segg mi dat mol? Wenn de Arbeiders een Spraach harrn, dann kunnen se dat neet mit hör maken.*

Dann erzählte er unter Tränen immer wieder die Geschichte von einem Heiligabend an der Front. Aus den Schützengräben der Franzosen klang das „Stille Nacht, heilige Nacht" zu ihnen herüber. Sie sangen es in ihrer Sprache, die Deutschen in der ihrigen. Mucksmäuschenstill sei es gewesen. Vielen seien die Tränen gekommen. An diesem Abend hätte keiner auf den anderen geschossen. Davon war er fest überzeugt. Aber am nächsten Tag sei das gegenseitige Abschlachten weitergegangen. *Wi wassen nix as Kanonenfutter, löv mi dat, mien Kerl.*

Er selbst wurde nach seiner schweren Verwundung mit einem Zug voller Verwundeter abtransportiert. Es muss die reine Hölle gewesen sein. *De heel Zug was full. De arm Kerls wassen an't reren. Keen Beenen off Arms mehr, de Oogen weg. Dat kann sück keen vörstellen, de dat neet miterleevt het. Ick lach boben. Dann heede dat: de boben lirgen, koomen na Verden an der Aller. Ick doog bi mi: wat maakst nu? Let'st di runnerfallen? Ick bin lirgen bleeven, un dat is mien Glück weßt. Door in disse Lazarett hebb ick dat gaud hat. Tau eeten und leeve Schwestern. Se dürßen di bloot neet bit rooken erwischen.*

Eenmal sat ick up Trappen un rookte een. Ick glöv dat was'n Sater-
dag. Ick har Stubendienst und muss de Trappen fegen. Up eenmal
stunn de Doktor vöör mi. Sie rauchen ja, Kerl. Stehn sie auf, Mann,
wenn ich mit Ihnen rede. *Ick doch bi mi, watt maakst nu. Un*
dann hebb ick markert. So daan, as kunn ick neet upstaan un hebb
stöhnt un daan. Da seggt he: Was haben Sie, Kerl? *Un ick: Ober-*
schenkeldurchschuss bei Verdun, Herr Stabsarzt. De keek villicht.
Wer hat sie hierher abkommandiert? *Ick segg: Feldwebel Suhr.*
Dat was'n Satan, de haar mi up Kieker. De het mi da na noit weer
ankeeken, dat kannst mi glöben. Mein Gott, Sie können ja kaum
auf den Beinen stehen. *Und ick: Wir kriegen ja auch nur Marme-*
lade aufs Brot. Ich wieg nur noch 48 Kg. He keek mi an, dreiht sük
um na de Schwester und seggt: Der Mann bekommt ab Morgen
ein Ei. *Und dat will ick di seggen, mien Kerl. Dadöör hebb ick weer*
taunohmen und wuur weer'n stuuv Kerl. So kann't loopen.
As de Dokter weg was hebb ick mien Zigareert weer anmaakt un
kunn mi't Largen neet laaten. De hebb ick villicht anscheeten, doch ick
bi mi. De sitten hier moi in't drög un wi laaten uns buuten dootscheeten. So löpt dat bi't Militär, mien Kerl.
Ick bün dann later na Sandhorst bi Auerk koomen. Aber dat ick
davör na Verden an der Aller koomen bin, dat is mien Glück west.

Der Erzähler

Man kann kaum schildern, wie Opa es verstand, eine solche
Szene nachzuahmen. Das genüssliche Rauchen, dann der
Schreck beim Erscheinen des Arztes, dann der vorgetäusch-
te Versuch, nicht aufstehen zu können und dann die Freude
über die gelungene Täuschung – er erlebte alles noch einmal
und jeder, dem er es erzählte, auch.

Ich staunte manchmal nicht schlecht, wie er sich nahezu
täglich immer wieder in diese Erregungszustände hineinre-
den konnte: schimpfend; stampfend; mit der Faust auf den
Tisch schlagend; vor Bersten lachend; Geräusche und Stimmen nachahmend; marschierend und gestikulierend – bis zur

128

Erschöpfung. Ein einziger kontinuierlicher Erzählschwall ergoss sich über den Zuhörer.

Mir wurde das manchmal zu viel. Gab ich aber zu erkennen, dass ich die Geschichte schon kannte, verletzte ihn das zutiefst: *Wat, dat kennst all? Dat givt ja wall neet. Ick vertell di noit weer wat.*

Man konnte ihn dann nur schwer beruhigen, zu tief enttäuscht war er. Das hielt ihn aber nicht davon ab, am nächsten Abend von neuem zu erzählen. Ja, er konnte noch erzählen. Mit eingängigen Ausschmückungen, Witz, Verachtung – das ganze Repertoire hatte er drauf. Und sein Plattdeutsch ließ diese Nuancen viel eher zu als unsere Kanzleisprache – das sogenannte Hochdeutsche.

Was zum Erzählen unbedingt dazu gehörte, war die ganze Atmosphäre des Zimmers: sein Lehnstuhl, der alte Holztisch, der Ofen (im Winter meist überheizt, mit glühender Herdplatte), der Geruch von Tabak, Schnaps und Bier. (Auch ich bekam schon als Zwölfjähriger ein Schnapsglas voll Bier und einen Fingerhut voll Schnaps, so dass wir auf seine Eskapaden anstoßen konnten, wenn es sein musste. In seinem Erzählrausch vergaß er völlig, dass ich noch ein Junge war – noch nicht ganz trocken hinter den Ohren).

Nazizeit und Opas Widerstand

Ich habe durch meinen Opa vieles erfahren, was wir in der Schule nicht lernten. Etwa über die Nazizeit und den Krieg – ein Thema, das bei meinem Vater, der an beidem aktiv beteiligt war, Tabu war.

Opa hasste die Nazis. Er gehörte nicht zu denen, die so taten, als hätten sie von nichts gewusst. Er hatte gesehen, wie der Jude Simon P. aus der Kranstraße abgeführt wurde. Ihm sogar noch zugerufen: *Simon, ick neet ... Ick weet wall, Murk ...* hatte der noch zurückgerufen. Dabei wäre mein Opa fast selbst noch verhaftet worden.

Er erkannte früh, dass die Naziherrschaft zum Krieg führen würde. Während viele – auch aus der alten Arbeiterbewegung – zu den Nazis überliefen, blieb er selbst immer standhaft. Er ließ sich nicht verführen. [7]

Opa gehörte der Werftfeuerwehr an. Als die Nazis dran kamen, sollten die Feuerwehrleute braune Uniformen tragen. Opa wehrte sich mit allen Mitteln dagegen: *Bit ick de anhebb, is de heele Werft offbrannt,* gab er vor. Spiegelte vor, sie vergessen zu haben, was ihm einen Monatslohn Bußgeld einbrachte. Er riskierte einiges.

Dann sull'n wi dat Horst-Wessel-Lied singen. Ick denk bi mi: wat maakst nu? Weest wat ick maakt hebb? Ick hebb bloot de Lippen bewecht, so. Und dann machte er es vor: wie ein Fisch, der an Land nach Luft schnappt, sah es aus.

Oder wie er versuchte, den Hitlergruss zu vermeiden. Wo immer es ging, blieb er bei seinem *Moin, Moin. Du harst dat mal sehn musst, min Kerl. Wenn se ankwammen: Heil Hitler! Ick hebb dann bloot seggt: Moin Jan, of well dat net was. Schlimm was de Janssen. De glövte noch an't Endsieg, da stunn de Amerikaner all bi Oldenbörg. Ick wuss dat ja all, ick hörde ja de Feindsender. Da dürs man sük bloott neet bi erwischen laaten. De harn di so dootscheeten. Man as neet beeter kunn: irgendwann wuur de Janssen uutbombt un verloor noch sien Jung. Ick glöv up een dag. Da kwamm he an: Moin Geerd, seggt he tau mi. Un ick kun't mi neet laaten: Ick segg: Heil Hitler! tau hum.*

Dat is wall dat eenzige Mal west, dat ick Heil Hitler seggt hebb. Aber ick kunn mi dat neet verkniepen. De het noit weer Heil Hitler tau mi seggt.

---

[7] Selbst seine beiden Söhne liefen – nach jahrelanger Arbeitslosigkeit – schließlich zu den Nazis über. Kamen sie nach Hause, mussten sie ihre Uniformen ausziehen. Auch in die Stadt ging Opa mit ihnen nur, wenn sie keine Uniform trugen (was im übrigen streng verboten war). Sie mussten sich wohl oder übel dem Willen meines Opas beugen, wollten sie mit ihm ausgehen.

Der Volksempfänger

Der Volksempfänger mit einem winzigen blauen Strich im Sichtfeld der Sender – ihn besaß er auch später noch. Dort hörte er die Bundestagsdebatten der fünfziger Jahre, als es schon wieder um die Aufrüstung ging. Ich höre einige der Stimmen noch: den ersten Verteidigungsminister Blank; vor allem aber die markante Stimme von Fritz Erler und später auch einen gewissen Helmut Schmidt, der sich zu der Zeit noch vehement gegen die Bundeswehr ausgesprochen hatte.

Ein besonderes Ritual bestand darin, dass mein Opa, als seine Frau noch lebte, mit dieser am Sonnabend um fünf vor sechs das Radio anmachte. Dann hörte die beiden Alten die Sendung: Die Glocken läuten den Sonntag ein. Es war eine der wenigen Gelegenheiten, bei denen Oma ihr Hörgerät antat.

Charaktermerkmale

Ja, so war er, mein Opa. Eine buntschillernde Persönlichkeit. Voller Widersprüche, mit Ecken und Kanten. Aber er konnte auch sehr weich sein. Das „Stille Nacht ..." konnte ihn zu Tränen rühren. Er konnte aufbrausend und aggressiv werden. Auch ungerecht.
Ich jedenfalls wusste, wie ich ihn nehmen musste. Täglich machte ich für unsere Familie und Opa den sogenannten Spoonenpott. Dieser bestand aus Sägespänen, die der Vater von der Werft mitbrachte und Kleinholz zum Anzünden. Der Pott wurde mit Spänen gefüllt; an zwei Seiten wurden Hölzer aufgestellt und das übrige Kleinholz wurde dazwischen verteilt. Diese Pötte bereitzustellen war mein Job. Dafür bekam ich fünfzig Pfennig die Woche Taschengeld. Das reichte natürlich hinten und vorne nicht für einen Jungen, der gern naschte und auch sonst einige Bedürfnisse hatte, die Geld kosteten, wie Kino, Fußball usw.

Also musste das wöchentliche Konto aufgebessert werden. Mit dem Spoonenpott hatte ich ein „Drohpotential" in der Hand. Ich konnte in bestimmten Extremsituationen mit Verweigerung drohen, sollten mir die fünf oder zehn Pfennig nicht gegeben werden, die ich für irgendwas brauchte. Opa schimpfte dann wie ein Rohrspatz, hatte aber auch seinen Spaß daran, wie ich es verstand, ihm wieder einmal einige Pfennige abzuluchsen.

Skatbrüder

Eine starke Verhandlungsposition besaß ich, wenn Opa sich mal wieder mit seinen Skatbrüdern verkracht hatte. Das geschah regelmäßig, da er ein schlechter Verlierer war.
Gespielt wurde Mittwoch morgens von neun bis eins. Man hörte es bis unten in unsere Küche, die nach hinten raus lag, wenn Opas Schmiedehände auf den recht wackeligen Holztisch fielen. Bei jeder Karte, die er ausspielte. *Piek As; dann de Tein achteran; un de will ick seen; so is rercht; un dat is en Schietding* ....
So ging das den ganzen Morgen – sehr zum Leidwesen unserer Mutter. Häufig kam es vor – je nach Spielverlauf und Stand des Alkoholkonsums – dass es immer lauter zuging. *Wat spölst du da, Epi? Spöl doch de Söben ut! Dat dürt doch neet wahr wesen!*
Epi bekam sein Fett weg. Auch deshalb, weil er Angestellter war. Ihm war die Missbilligung meines Opas gewissermaßen verbürgt. Der Dritte im Bunde war Gustav. Epi wohnte in der Kranstrasse; Gustav auf Friesland.
Hatten sich die Drei mal wieder lautstark zerstritten – *mit ju spöl ick noit weer!* – bekam ich – oder wer auch immer – die genauen Spielverläufe während der ganzen folgenden Woche geschildert. Ich verstand zwar nichts vom Skat, spielte aber schon damals mit Opa Sechsundsechzig und konnte so zumindest einiges von dem nachvollziehen, was er mir erzählte: *Dat musst' di vörstellen. Ick spöl'n lüttje Krüütz vör, un Epi deit*

de Könek neet drup. Gustav schnippelt und wech was mien Tein ...
usw. usf.

Tagelang konnte er sich nicht beruhigen und immer kam zu
Schluss das Bekenntnis, nie wieder mit ihnen Brüdern Skat
zu spielen.

Mittlerweile aber rückte der nächste Mittwoch näher. Spätestens am Dienstag Nachmittag kam meine große Stunde. Ich
sollte rumgehen und die Skatbrüder wieder einsammeln. Das
ließ ich mir was kosten. In regelrechten Verhandlungen
wurde ein Preis ausgehandelt: pro Skatkumpan fünfzig
Pfennig – also ein Wochentaschengeld – darunter machte
ich es nicht. *Du makst mi arm un frettst mi dat Haar van't Kopp*,
jammerte Opa. Ich ließ mich nicht erweichen. Er musste
blechen, und für mich wurden diese Anlässe zu wahren Fest-
tagen. Ich konnte mir Nappos kaufen, Rumkugeln, Lakritze
– was das Herz begehrte. Und fürs Kino reichte es auch
noch.

Dramatische Zuspitzung

Zusätzlich zu den normalen Dramen, die sich nahezu wö-
chentlich abspielten – es sei denn, Opa gewann den Skat,
was ihn ebenso begeistert die Spiele nacherzählen ließ – ,
wäre es eines Tages fast zu einem wirklichen Drama gekommen. Unsere Drei waren wieder einmal versammelt.
Unglücklicherweise hatte sich für diesen Tag der Schornsteinfeger angesagt. Opa hatte die erforderlichen Vorkeh-
rungen getroffen, aber während des Spiels den ganzen
Schornsteinfeger vergessen. Ich war schon von der Schule
zurück und befand mich mit meiner Mutter in der Küche.
Plötzlich hörten wir ein Rumpsen. Dazu ein so komisches
Lallen, als wäre jemand volltrunken. *Spöl uut, Gustav. Tau, nun
koom doch* ... hörten wir Opa schimpfen. Kurz darauf ein
dumpfer Aufprall. Uns war unheimlich – also gingen wir
rauf, um zu sehen, was los war. Ein Bild des Jammers bot

sich uns: Epi, den Kopf zur Seite gebogen, hatte die Augen verdreht. Gustav lag der Länge nach auf dem Fußboden und atmete schwer. Und Opa lag zur Seite gekippt auf dem Lehnstuhl und hielt sich mit letzter Kraft auf dem Stuhl. Was war passiert?

Im Zimmer hatten sich durch die Abdichtung des Schornsteins Gase gebildet, die unsere Skatspieler im Eifer des Gefechts gar nicht wahrgenommen hatten. So wurde einer nach dem anderen langsam ohnmächtig. Im Zimmer hatte sich auch Qualm gebildet, und hätten wir nicht sofort die Fenster aufgerissen, wäre es zu einer Katastrophe gekommen. Das Ergebnis war: Unsere Drei wurden im Krankenwagen abtransportiert und zur Beobachtung ins Krankenhaus gefahren. Am selben Nachmittag aber saß Opa schon wieder auf seinem Thron und behauptete steif und fest: *De Richard mutt uns wat in de Schnaps daan hebben, de Satan, de will ick helpen.*

Richard war sein Erzfeind. Es handelte sich um unseren Kaufmann, bei dem Opa seinen Schnaps und sein Bier kaufte. Beide konnten einander nicht leiden, nicht zuletzt deshalb, weil Richard meinem Opa einmal einen Kredit versagt hatte, als dieser Ende des Monats Pleite gewesen war. Noch Jahre später erzählte Opa seine Version der Geschichte jedem, der es hören oder auch nicht hören wollte.

Skat wurde weiter gespielt. Manchmal auch sonntags morgens. Auch da ging es oft lautstark zu. Opa spielte nicht besonders gut. Aber dafür temperamentvoll. Kam es sonntags zum Streit, dann ging es oft gar nicht nur um den Skat, sondern um Politik. Einer der Spieler, war ein alter Kommunist; der andere hatte bei den Nazis mitgemacht und Opa war eingefleischter Sozialdemokrat. Ich hörte bei einer dieser lautstarken Auseinandersetzungen zum ersten Mal Namen wie Karl Liebknecht und Rosa Luxemburg; von der Einheit der Arbeiterbewegung war die Rede: *Dann wassen de düvelste Nazis noit dran komen ...*

Erst viel später habe ich begriffen, um was es bei diesen Streitereien ging. Aber viele der Namen und Begriffe, die dabei fielen, haben sich mir eingeprägt.

Opas Lehren

Das war mit anderen Dingen ebenso. Durch Opa kam ich, ohne dass es mir wirklich bewusst wurde, mit Politik in Berührung. Hörte er Bundestagsdebatten, diskutierte er mit mir darüber, auch wenn ich nicht alles verstand. Aber mit der Zeit prägten sich bestimmte Dinge ein. Sein Hass aufs Militär – ich übernahm ihn; seine Vorliebe für bestimmte politische Auffassungen. Seine Art, über die oberen Herrschaften zu reden usw.

Aber Opa war auch in ganz anderer Hinsicht prägend für mich. Man könnte sagen, dass wir wesensähnlich wurden. Ich lernte durch ihn die Gemütlichkeit schätzen; liebte es, wenn er erzählte; mochte seine Art des Humors und war natürlich sein Vertrauter, wenn es galt, die Schmach beim Knobeln auszubügeln oder sonstige Geheimnisse zu hüten, die er mir anvertraute: *Dürst aber neet dien Maude vertellen*, nahm er mich regelrecht in die Pflicht. Vor unserer Mutter hatte er einen gewaltigen Respekt, und so weit ich mich erinnere, habe ich ihn auch nie in die Pfanne gehauen.
Opa war für mich kein Vaterersatz – das wäre des Guten zu viel gesagt. Aber anders als beim strengen Vater fühlte ich bei ihm so etwas wie Geborgenheit. Der Vater war – insbesondere in der ersten Nachkriegszeit und zu den älteren Geschwistern – sehr streng. Verwechselte die Kinderstube häufig mit dem Kasernenhof. Versuchte militärische Disziplin zu praktizieren. Oft genug von der Mutter ermahnt, er solle nicht vergessen, dass er Kinder vor sich habe.

All das passierte bei Opa nicht. Er freute sich, wenn man hoch zu ihm kam, über die Abwechselung. Fing an zu erzählen, was ihn bewegte, und schon saß man da und hörte zu. Auch fand man bei ihm die Ruhe, die uns unten in der Küche fehlte. Dort mussten viele Personen auf engstem Raum miteinander auskommen. Oft fünf oder sechs auf wenigen Quadratmetern. Beim Opa konnte man sich hinsetzen und einfach dasitzen – ohne Hektik und die üblichen Kibbeleien.

Das Ende

An einem Tag jedoch änderte sich plötzlich alles. Ich kam aus der Schule zurück und Mutter empfing mich schon: Opa ist heute so komisch, sagte sie. Geh doch mal rauf. Ich kam ins Zimmer. Opa stand am Tisch. Vorgebeugt. Vor sich ein leeres Schnapsglas. *Ick weet neet, mien Kerl, van Daag schmeckt de Schnaps neet. Of Richard mi weer wat rindaan hett, de Satan?*

Der Schnaps, der nicht mehr schmeckte, war das erste und letzte Vorzeichen des bevorstehenden Endes. Als er gestorben war, durfte ich ihn noch einmal sehen: Er lag friedlich auf seinem Bett. Die Hände auf der Brust gefaltet. Er ruhte in sich. Er war ganz ruhig eingeschlafen. Mutter hatte ihm auf die lange Reise mitgegeben, er gehe jetzt zu seiner Susanne. Mit großen Augen hatte er sie angeschaut – ganz einverstanden mit dieser letzten Aussicht.

Eine unwirkliche Geschichte

Opa starb 1960. Im Jahre 1968 lernte ich meine Frau kennen. Neben vielen gemeinsamen Interessen besaßen wir beide eine Leidenschaft: das Skatspiel. Wir lernten es gemeinsam und haben dabei viel Lehrgeld bezahlt. Immer wieder habe ich mir vorgestellt – und manchmal davon geträumt – es wäre uns vergönnt gewesen, einmal eine Runde Skat mit Opa zu spielen.
Ich stelle mir das ungefähr so vor: Opa ist in Siegeslaune. Schenkt noch einen Schnaps ein. Wir prosten uns zu. Einer gibt die Karten aus und es kommt zu folgender Konstellati-

on: Opa reizt aus und bekommt das Spiel. Meine Frau hat lange mitgehalten und sagt dementsprechend nicht ganz überraschend: Kontra. Opa: *Wat, dat givt ja wal neet. Du seggst Kontra, dann segg ick Re. Dat wöll'n wi doch mal see!.*

Das Spiel nimmt seinen Lauf. Es wird eng. Zu guter Letzt schnippelt ihm meine Frau die Zehn raus und Opa verliert mit sechszig Augen. Ich höre ihn direkt: *Wa kann dat angahn. Se mit hör lüttje Handen. Wa is't möglek in de Welt! Supt mi de Schnaps weg und seggt ook noch Kontra. Dat givt ja wall neet. Dat Wicht kann ja spölen, da kann Epi sük'n Skief offschnieden.*

Und alle, die ihm in den nächsten Tagen begegnen, werden die gleiche Geschichte zu hören bekommen. *Dat musst' di vörstellen, ick spöl Krüz* ... usw. usf.

Leider ist das Ganze ein Traum von mir geblieben. Aber in der Phantasie habe ich diese Situation oft durchgespielt. Unsere Träume und Phantasien gehören schließlich auch zur Wirklichkeit und sind manchmal noch viel schöner als diese selbst.